Sprache im technischen Zeitalter

Literarische Texte, Essays und Untersuchungen
zur Sprache und Literatur der Gegenwart

Begründet von Walter Höllerer
und herausgegeben von
Thomas Geiger, Norbert Miller und Joachim Sartorius

Coming Out, Inviting In

Heft 252, Dezember 2024

Die Zeitschrift „Sprache im technischen Zeitalter“
erscheint vierteljährlich.

Redaktion: Thorsten Dönges, Inga Niemann
Redaktionsanschrift: Literarisches Colloquium Berlin
Am Sandwerder 5, 14109 Berlin
mail@lcb.de
www.lcb.de
Spr.i.t.Z. im Internet: www.spritz.de

Bezugsbedingungen: Es gilt die gesetzliche Kündigungsfrist für Zeitschriften-Abonnements.
Die Kündigung ist schriftlich zu richten an:
Brockhaus Kommissionsgeschäft GmbH, Kreidlerstr. 9,
D-70806 Kornwestheim, Tel. +49 (0)7154 132746,
E-Mail: zeitschriften@brocom.de; jounals@brocom.de
Preise und weitere Informationen unter
www.vandenhoeck-ruprecht-verlage.com

Koninklijke Brill BV umfasst die Imprints Brill, Brill Nijhoff, Brill Schöningh, Brill Fink, Brill mentis, Brill Wageningen Academic, Vandenhoeck & Ruprecht, Böhlau und V&R unipress.

Verlag: Brill Deutschland GmbH, Lindenstr. 14, 50674 Köln,
info@boehlau-verlag.com
Verantwortlich für die Anzeigen: Kjell Blank, Brill Österreich
GmbH, Zeltgasse 1/6a, A-1080 Wien

Einbandgestaltung: Guido Klütsch, Köln
Satz: Punkt für Punkt · Mediendesign, Düsseldorf
Abbildungen in diesem Heft: S. 396: Paul Duda; S. 406, S. 409, S. 417, S. 430, S. 441, S. 443:
Tobias Bohm; S. 415, S. 446: Noëlle Kröger; S. 418, S. 428:
Lena Winkel; S. 424: Nicole Benewaah; S. 433: Ladina Bischof;
S. 436: Max Zerrahn; S. 454: Renate von Mangoldt
Druck und Bindung: Generál Druckerei, Szeged
Gedruckt auf chlor- und säurefreiem Papier
Printed in the EU

ISBN 978-3-412-53003-7
ISSN 0038-8475

Inhalt Heft 252, Dezember 2024

Im Juniversum von Elke Erb

Editorial

In zahlreichen historischen und zeitgenössischen Werken der Literatur und des Films wird von dem erzählt, was wir seit einigen Jahrzehnten *Coming Out* nennen. Mal wird das Geschehen als riskante Zäsur geschildert, mal als Befreiung gefeiert. Und oft sind *Coming Out*-Erzählungen mit aktivistischen Anliegen verbunden. Denn das, was da geschieht, ist einerseits privat, ja intim, zugleich aber stets auch höchst politisch. Längst ist das Konzept des *Coming Out* jedoch nicht unhinterfragt. Wie wird es aus intersektionalen Perspektiven betrachtet? Was bedeutet ein *Inviting In*? Welche Rolle spielt die Literatur als (Auto-)Fiktion, als Archiv, als Entwurf von Narrativen? Und wo (er-)findet die Lyrik ihre Sprache? Was erzählen historische Quellen? Wie recherchieren Schreibende und wie nähern sich Texte der historischen Komplexität queerer (Un-)Sichtbarkeit? Vom 8. bis zum 10. August 2024 waren Autor·innen, Künstler·innen und Expert·innen ins LCB eingeladen, um über die Konzepte *Coming Out* und *Inviting In* und ihre Spuren in Literatur und Film zu diskutieren. Es wurden Texte vorgetragen, außerdem waren Performances und Konzerte zu erleben. Kuratiert wurde das Festivalprogramm von Anna Hetzer, Thorsten Dönges und Jeffrey Trehudic, die Senatsverwaltung für Kultur und gesellschaftlichen Zusammenhalt unterstützte das Projekt finanziell. Einige der Beiträge zum Festival sowie Impressionen der Zeichner·innen Lena Winkel und Noëlle Kröger drucken wir in diesem Heft ab.

Ein zweiter Themenschwerpunkt widmet sich der im Januar 2024 verstorbenen Dichterin Elke Erb als vielstimmige Hommage mit besonderem Augenmerk auf Fragen der Übersetzung. Das Dossier lädt ein, Elke Erbs übersetzerischem Werk aus verschiedenen Blickwinkeln nachzuspüren und sammelt Stimmen von Weggefährt·innen und Übersetzer·innen. Shane Anderson, Olga Martynova, Ton Naaijkens, Theresia Prammer und Andreas Tretner erinnern sich an die Zusammenarbeit und geben Einblicke in Elke Erbs Übersetzungskunst. Das Dossier beinhaltet auch Elke Erbs Texte „Zum Thema Nachdichten“ und „Jaworow“, die wichtige Ausgangspunkte für die Zusammenstellung des Dossiers waren. Aurélie Maurin, Leiterin des TOLEDO-Programms des Deutschen Übersetzerfonds und Kuratorin des Dossiers, führt in Elke Erbs poetisches Universum und Juniversum ein. Wir danken dem TOLEDO-Programm für die Unterstützung im Rahmen dieses Dossiers.

Das Heft beginnt mit der Kolumne *Auf Tritt Die Poesie*, in der Beate Tröger die Lyrikerin Uta Gosmann vorstellt, und an seinem Schluss sind neue Gedichte von Thorsten Krämer und Klaus Johannes Thies zu lesen.

Herausgeber und Redaktion

Beate Tröger

„Denn Dinge wollen nicht in sich versinken"

Über Gedichte von Uta Gosmann

Schreiben und Sprache stehen in den Gedichten von Uta Gosmann in enger Verbindung mit ganz bestimmten Kontexten und Hallräumen. Zu ihnen gehört die Landschaft von New Mexico mit ihrem Sand, den Pinyonbäumen und den Tierschädeln und Skeletten, in der die amerikanische Malerin Georgia O'Keeffe (1887–1986) längere Phasen ihres Lebens verbrachte und wo sie ein Motivreservoir für eindrücklich expressive und karge Gemälde fand, das auch in Uta Gosmanns Schreiben Bilder zeitigt, in denen geschaute und Seelenlandschaften eng verzahnt sind, bzw. die Landschaftsreferenzen zwischen einem Innen und einem Außen changieren. Sie rekurrieren zudem auf Erkenntnissen der Psychoanalyse nach Sigmund Freud als Wissenschaft von der Seele, deren Werkzeug die Sprache selbst ist, auf die Grenzen und das Vermögen der Sprache. Gosmanns Gedichte verweigern sich dabei konsequent dem Zeitgeistigen, bewegen sich auf überzeitlichen Umlaufbahnen.

Uta Gosmann, geboren 1973 in Bochum, lebt nach Stationen in Calgary, Bonn, Buffalo, Guadeloupe, Berlin, Paris, Düsseldorf und Washington D. C. in New Haven in den USA. Sie ist als Lyrikerin, Übersetzerin zeitgenössischer amerikanischer Lyrik von Susan Howe, Ellen Hinsey und der Nobelpreisträgerin Louise Glück und Psychoanalytikerin tätig. Etliche Gedichte hat die Autorin in Literaturzeitschriften wie *manuskripte* und *Sinn und Form* veröffentlicht, ihr Debüt *Reise durchs Nimmerich* erschien im Jahr 2023 in der Edition Thanhäuser. Der größte Teil der hier vorgestellten Gedichte wurde bislang noch nicht veröffentlicht.

Das erste der hier veröffentlichten, „BLÄTTERNACKT", ruft die Doppelbedeutung des Wortes Blatt als Blatt eines Baums und als Blatt Papier auf, die auch Bertolt Brecht in „An die Nachgeborenen" und als Replik darauf Paul Celan für Gedichte fruchtbar machten. Das Wort „Blätter" verweist als Kompositum „blätternackt" und in seiner Assonanz an das Wort „splitternackt" auch auf die Genesis. In dem Moment, in dem Adam und Eva durch den Verzehr der Früchte vom verbotenen Baum der Erkenntnis gekostet haben, tritt Scham in ihr Denken ein: „Da gingen beiden die Augen auf und sie erkannten, dass sie nackt waren. Sie hefteten Feigenblätter zusammen und machten sich einen Schurz", heißt es dort in Buch 3, Vers 7. Wenn sich in Gosmanns Gedicht die Blätter der Bücher zu einem Kleid aus Sprache zusammensetzen, wird mit den Versen „denn//ohne Worte/präsentiert uns/nichts" auf das kommunikative Moment von Sprache verwiesen. Man könnte das Sicheinhüllen in Blätter mit dem Akt des Lesens gleichsetzen, der dann wie ein Vorgang des Ankleidens zu denken wäre, wie ein dialogischer Akt.

Überraschend wirkt die abschließende Wendung: „doch fällt// mit jedem Blättern/die Seite/wie das Kleid,//am späten Abend abgetragen/von uns ab,//so dass wir/wieder stehen/blätternackt." Der Schutz, der im Zustand der Lektüre vorhanden war, ist ein temporärer, doch auch hier baut das Gedicht in der Konsonanz von „wieder stehen" und „widerstehen" einen Haken ein, löst sich die Wendung des Gedichts nicht in Form einer Pointe auf, die sich durch einmaliges Lesen erschöpft.

Das Spannungsfeld zwischen bekleidet und nackt sein, vom Entdecken und Erkennen gegen das Zudecken und Vergessen loten auch die Gedichte „DER BLAUE MANTEL" und „FLOCKEN" aus. Während ersteres über die Farbe des titelgebenden Mantels und die Verse „Getragen vielleicht von einer heiligen Figur" eine spirituelle, transzendente Ebene des Kleids insinuiert, das im Kontext der Gedichte erneut als Sprachkleid denkbar ist, richtet „FLOCKEN" die Aufmerksamkeit auf die transzendente Seite der Sprache im Sinne von Ferdinand de Saussures „parole", im Sinne dessen, was mit der deutschen Übersetzung als „Sprachvollzug" nicht exakt wiedergegeben werden kann. Die wie Schneeflocken aus dem Himmel herabfallenden Worte können hier, vergleichbar den Blättern im ersten Gedicht, zugleich enthüllen und bedecken, sie verleihen den Dingen das, was Heimito von Doderer einmal „stumme Vielwissenheit" genannt hat, sie feiern in diesem Gedicht letztlich die Semantik als solche.

„PERPETUUM MOBILE", das letzte der hier vorgestellten Gedichte, evoziert einen Traumzustand aus einer kindlichen Perspektive heraus, vielleicht im Blick auf ein Mobile über dem Bett, das sich in ein Perpetuum mobile verwandelt. Durch die Gleichsetzung der kosmischen Ordnung mit der eines Spielzeugs balancieren die Verse im Schwebezustand zwischen dem Mikro- und dem Makrokosmos, den Gesetzen der Natur und denen der Fantasie bzw. des Traums. Man kann mit diesen Versen in Denk- und Wahrnehmungsbewegungen geraten, die sich aus der Ordnung der Ratio und der Zeit ein Stück weit lösen und sich ihr paradoxerweise doch unterordnen. Stets wird diese Schwebe von der Präzision einer Sprache gehalten, die das Spiel der Vorstellungskraft, die Potenz des Unbewussten bejaht, die existenzielle Seite der Poesie feiert: „Ins Spiel vertieft/rieselt ein Bild in uns ein, in dem das Kleine/sich in Entsprechung zum Großen weitet."

Uta Gosmann

Gedichte

BLÄTTERNACKT

Wir hüllen uns
in die Blätter
der Bücher, suchen

Hautkontakt.
Je besser
sie passen,

desto enger
schmiegen
wir uns ein,

wickeln uns
in dieses teuerste
Kleid; denn

ohne Worte
präsentiert uns
nichts. Wir sind

für kurze Zeit,
was sie beschreiben,
doch fällt

mit jedem Blättern
die Seite
wie das Kleid,

am späten Abend
abgetragen,
von uns ab,

so dass wir
wieder stehen
blätternackt.

DER BLAUE MANTEL

Ein blauer Mantel sanft verfangen
in Blättern einer Agave

wellt sich zwischen lichtem Himmel
und weißem Wüstenland,

seine Zipfel flattern im Wind,
streifen die Erde,

verwirbeln den Sand.
Herbeigeirrt aus anderer Welt

oder festgehangen
auf seiner Reise durch die Zeit.

Getragen vielleicht
von einer heiligen Figur,

die ihn am Abend zuvor
auf ihrer Wanderung verlor.

Er hängt wie ein Stück Wirklichkeit
auf der Agave, abgestreift.

Verlassen wir, die wir
hier Fremde sind,

ein Land, gar eine Welt
und werfen unseren Mantel ab –

gleich einem hochfahrenden Meteor,
dessen Masse

beim Flug durchs Atmosphärentor
verglüht — stehen nackt

und legen schließlich
einen anderen an

aus Gabardine, Seide oder Samt,
ist diese Wirklichkeit

nur mehr ein Kleid,
das abgestreift

als Haufen Stoff
sich auf die Erde verteilt.

Uta Gosmann

NÄHE

Was wirklich ist,
streckt sich zu uns hin,
wirft den Goldfink in die Luft,
der die Mulden unserer Hände sucht,
dessen Anflug, da ungeahnt,

wir verpassen,

doch den wir gleichsam ahnungslos
an unserer geballten Hand
in Form einer fetten Körnerkugel,
die am Vogelhaus hängt,
picken lassen.

DIE SANDUHR

Der Berg mit gleichen Seiten und der weichen Kuppe
ist wie der Hügel in einem Stundenglas,

nachdem der Sand hindurchgelaufen. Der Tag
legt seinen Arm darauf, befestigt ihn mit Wind

und Sonnenlicht, mischt Pinyonsamen, Regen
in die rosa Quarzsandschicht. Die obere Kammer

füllt sich mit blauem Licht, die Sonnenscheibe
versiegelt es. Wir klettern heute den Hügel hinauf,

hangeln uns hoch am Kiefernstrauch, der Quarz
knirscht unter unseren Füßen, das Licht

bräunt unsere Haut. Wir richten
unseren Blick zum Himmel und spähen

nach der Öffnung, winzig klein,
durch die wir einst gerieselt sind.

*

Wir wissen seit Beginn,
dass, wenn wir aus dem Rutsch zur Ruhe kommen,

die Zeit schon abgelaufen ist.
Doch hat seit einer Weile die Sanduhr

niemand mehr gewendet. Seltsam sind diese Zeiten.
Die Sonne brennt heiß auf den Hügel,

kein Wölkchen trübt den Himmel. Wir kommen
auf der Kuppe an, erwarten eine Wende, wir pochen

an das Glas wie auf ein Recht, beschwören fast
das Ende. Es kommt

zu Erdrutschen, Verschüttungen, die Pinyons halten matt
das Land. Doch eine Wende, die ist nicht in Sicht.

*

Es rieselt nichts
von Bedeutung aus oberer Kammer,
im Winter manchmal

der Schnee, doch langsamer
als Sand, in einzelnen
verlorenen Flocken.

*

Ist Zeit am Ende, wenn Zeit nicht endet
und niemand die Sanduhr mehr wendet?

Wir sitzen fest auf unserem Hügel, lassen
uns zu Boden sacken; dann wird es Nacht.

*

Der Quarz spiegelt sich im Sternensand,
den die große Hand
auf die dunkle Leinwand des Alls gestreut;

und geht den Sternen ihr Funkeln aus,
wirbelt die Hand
ein Glitzern im Erdensand auf.

*

Wir greifen eine Handvoll Sand
und lassen ihn rieseln durch die kleine Öffnung

zwischen eingerollten Fingern
und Fläche der Hand. Ins Spiel vertieft

rieselt ein Bild uns ein, in dem das Kleine
sich in Entsprechung zum Großen weitet;

wie ein Schlüssel öffnet es des Glases Wand und legt
den sternenübersäten Himmel frei –

und wir, wir halten nicht die Körnchen Sand,
sondern die Sanduhr in unserer großen, großen Hand.

FLOCKEN

Wie Schnee rieseln die Worte
vom Himmel hinab und brauchen Zeit,
um sich zu setzen.

Sie legen sich wie eine Decke ab,
nur so lang, dass sie
nicht schon schmelzen.

Sie schmiegen sich den Dingen an,
damit bedeckt vielleicht
sie etwas enthüllen,

und wickeln sich das Anvertraute ein,
ein extrahiertes Flüstern
ihrer Dinglichkeit.

Dann fliehen sie, uns suchend, fort,
um sich an uns zu schmelzen,
uns ihre Ladung einzutropfen,

denn Dinge wollen nicht
in sich versinken, lautlos, bedeutungslos
und ohne Hoffnung.

ZUCKER

Ich stelle mich zur
Seite, bringe in Einklang,
bis es zu mir spricht,

sinnreich sein kann. Wie
eine Frucht, die gezuckert
ihr Wasser mir lässt.

PERPETUUM MOBILE

Nur schwer kann man sie unterscheiden:
Die Kinderaugen folgen den Planeten an der Zimmerdecke,
die niemals stillstehen, immer weitergleiten.

Der weiche Kopf legt sich um einen der Planeten. Der Weg
zur Erde führte immer schon durch Einlass einer Sphäre
in den Körper, von dem sie sich erst wenig unterscheidet.

Nur als die Sphäre wächst, zittert und bebt
der Erdenkörper. Das Kind bekommt es mit der Angst zu tun,
will sich nun lösen und schnell weitergleiten.

Doch hat ein Faden es wie eine Nabelschnur
am Burj Khalifa festgezurrt und füttert es mit Erde,
bis es sich scheinbar nicht mehr unterscheidet.

Wir halten für wirklich, was schwerer wiegt. Am Faden mitgezerrt
wie an der harten Hand der Mutter, muss es uns wie ein Traum erscheinen,
mit den Planeten leicht durchs All zu gleiten.

Doch wenn die Einheit mit dem Erdenkörper endet, der Faden
wie ein loser Strahl des Mondlichts in den Weltraum baumelt,
die Sphäre sich erinnert, was sie vom Schweren unterscheidet,
befeuert sie ihr kugelrundes Raumschiff, gleitet weiter.

Anna Hetzer

Aus der Nische

Als Annemarie Schwarzenbach über ihr Buch *Lyrische Novelle* von 1933 andeutete, dass es trotz der männlichen Ich-Perspektive von lesbischem Begehren handelt, hätte sie das nicht als Coming Out bezeichnet. Zu dem Zeitpunkt wurde der Begriff so noch nicht verwendet. Vielleicht hätte sie auch keine Rückschlüsse auf ihr eigenes Leben zugelassen. Dennoch klingt ihr Hinweis wie eine Offenbarung, wie ein Geständnis.

Ein Coming Out ist inzwischen scheinbar fester Bestandteil der Biografien von queeren Menschen. Dabei hat der Begriff seine ganz eigene Geschichte: raus aus dem Versteck, raus aus dem Schrank, raus auf die Straßen. Mal wird ein Coming Out als ein Heraustreten in die Gesellschaft verstanden, mal als Hereintreten in eine queere Community. Inzwischen gibt es sogar die Erwartung, dass eine queere Person sich irgendwann in ihrem Leben outet.

Aber muss sie das? Und wem gegenüber? Und in welchem Alter? Kann es in einem Leben mehrere Outings geben und werden sie manchmal revidiert? Welche Spuren hinterlässt ein Outing? In der Vorstellung scheint es von einer bestimmten Dramaturgie geprägt: Riskante Zäsur, befreiender Übergang, in jungen Jahren, auf dem Land, mit Kontaktabbruch zur Familie und oft tragisch. Dabei gibt es meistens nicht diesen einen Moment wie beim Öffnen einer schweren Tür, sondern einen langen Weg, in unterschiedlichen Konstellationen, mal mit Kopfschmerzen, mal mit Schmetterlingen im Bauch. Mal mit zwölf in der Schule oder mit fünfundsiebzig im Wettlokal. Es changiert zwischen (offenem) Geheimnis, Geheimhaltung, Selbstoffenbarung und Wissen, das in verschiedenen Situationen immer wieder neu stattfindet.

So unterschiedlich die Szenarien sind, so sehr vereint sie doch, dass ein Outing die vermeintlichen Selbstverständlichkeiten einer cisheteronormativen Gesellschaft infrage stellt. Die Frage nach dem Begriff des Coming Out ist untrennbar verbunden mit der Frage, wie eine Gesellschaft aussehen müsste, in der sich ein Outing erübrigt. Und wie kann eine solche Gesellschaft erzählt werden?

Es ist wichtig, das Coming Out aus verschiedenen Blickwinkeln zu beleuchten. Ohne Scham das eigene Begehren und die eigene Geschlechtsidentität zu leben, bedeutet zum Beispiel nicht zwingend, allen gegenüber geoutet sein zu müssen. Es gibt viele Gründe, sich nicht dem Urteil anderer auszusetzen. Bei einem Inviting In geht es stattdessen darum, die Beziehungsebene anders zu deuten. Vielleicht etwa so: Sich nicht dem Urteil anderer auszusetzen, sondern selbst zu urteilen, wem gegenüber man sich öffnen möchte, wer eingeladen wird, zuzuhören. Oft ist das aber nicht so einfach oder gar unmöglich.

Dabei scheint es viele Gleichzeitigkeiten zu geben. Fluidität oder auch Liminalität, ein Begriff, den arjunraj in die Diskussion einbringt, widersprechen der festschreibenden Geste des Coming Out. Als was outet man sich eigentlich? Und welche Erwartungen und Vorurteile gehen damit einher? Gleichzeitig ist es nach wie vor politisch wirksam, wenn sich jemand öffentlich outet, entweder als Einzelperson oder im Kollektiv, wie 2021 bei der Initiative #actout. Und das ist gerade mal drei Jahre her. Schon aus seiner Geschichte wird deutlich, wie eng ein privates, individuelles Coming Out mit politisch-gesellschaftlichen Prozessen in Wechselwirkung steht; und zum anderen, wie künstlerische Praxis und politischer Aktivismus ineinandergreifen.

Nichts aber nervt mehr, als dass „die ganze Welt Zugriff auf die eigene Biografie" bekommt, wie Duygu Ağal es formuliert. Und gleichzeitig nimmt gerade die Autofiktion eine wichtige Rolle in der queeren Literaturtradition ein, so bei Leslie Feinberg, Audre Lorde, Jayrôme C. Robinet. Und gleichzeitig geht das Spektrum queerer Literatur über eine bestimmte Vorstellung von Autofiktion hinaus. Und gleichzeitig lässt sich bezweifeln, dass es überhaupt eine Literatur ganz jenseits von Autofiktion gibt.

Queeres Schreiben ist ein permanentes Hinterfragen und Anschreiben gegen die normativen Bilder von sexuellem Begehren und Geschlechtsidentität. Das findet in unterschiedlichen Medien statt, in der Literatur, im Comic, im Film, in der Pornografie. Es öffnet den Raum für die Selbstimagination, für das Kennenlernen des eigenen Selbst, wo es an Vorbildern und Aufklärung mangelt. Wo es an Worten fehlt, wo die Sprache Lücken hat. Mal laut, mal leise, mal mit Glitzer, mal in einer Priesterkutte, mal ganz in Latex und so weiter. Es öffnet einen Raum, in den man vielleicht hinaustreten möchte.

Die Künste, das Kino, die Literatur verhandeln das Coming Out. Die Narrative dieser Bücher und Filme stehen dabei in Wechselwirkung mit queeren Begehrens- und Geschlechtsidentitäten und machen sie sichtbarer. Welche Medien sind in biografischen Rückblicken besonders wichtig, welche Zugänge waren dafür notwendig und wie dienten sie dem Umgang mit der eigenen Angst und Scham? Wo bieten Literatur und Film Ansatzpunkte für die Selbstimagination und wo bleiben Leerstellen in den Erzählmustern?

Der Wandel dieser Erzählungen hängt auch mit den zeithistorischen Veränderungen zusammen und ist verbunden mit den verschiedenen Perspektiven von queeren Menschen sowie deren Möglichkeiten, ihre Geschichten zu erzählen.

Queeres Schreiben ist politisches Schreiben. Mit einem Sensorium für Machtdynamiken und gegen feste Narrative und dafür, wie sie umgedeutet werden können. Ein Anschreiben gegen Festlegungen und gegen die Hegemonie eines bestimmten Blicks. Das lässt sich zum Beispiel auch von Christa Wolf lernen, wie Jayne-Ann Igel betont. Ich stimme ihr zu. Die gute Nachricht ist: Die Praxis des Schreibens ist keine Keksfabrik mit einer vorgeschriebenen Ausstechform.

Wer oder was aber ist queere Literatur? Shakespeares Stück *Was ihr wollt* war, wie für Sasha Marianna Salzmann, lange mein Lieblingsstück, weil es damals das einzige mir bekannte war, das auf der Bühne einen queeren Kuss zeigte. Allerdings erschien mir die Auflösung am Schluss nicht als Happy End einer Komödie, sondern als Tragödie für die Liebe zwischen Viola/Cesario und Olivia. Die amerikanische Lyrikerin Elizabeth Bishop hätte sich wahrscheinlich einer Zuordnung zur queeren Literatur verweigert, obwohl sie offen lesbisch gelebt hat. Und wie weit hätte Ingeborg Bachmann in ihrer Kurzgeschichte „Ein Schritt nach Gomorrha“ gehen müssen, um als queer gelesen zu werden? Wie explizit muss die Sprache sein, wie decodiert man Metaphern und wovon handeln die Texte?

Während des Festivals wurden auch Hemingway, Kafka und Kleist genannt, die von queeren Stimmen ihrer Zeit beeinflusst waren und deren Texte und Tagebuch-Einträge einem Straight-Washing unterzogen wurden. Und wer weiß, ob ein Coming Out oder auch Inviting In heute für sie infrage kommen würde?

Es genügt ein erster fragender Blick in die Archive, um festzustellen, dass es noch sehr viel Arbeit gibt. Dass es für Autor·innen und für Verlage, ebenso wie für die Wissenschaft gilt, noch viel Verschollenes und Verschüttetes zu suchen, Texte neu zu deuten, nach Traditionen zu fragen. Es ist eine archäologische Arbeit, die Geschichten herauszuheben und es ist eine Einladung an Autor·innen, sich mit diesen Geschichten zu beschäftigen. Je unterschiedlicher die Blickwinkel, desto mehr verändert sich auch der Blick auf Literatur insgesamt.

Und es bewegt sich etwas. Queere Literatur kommt raus aus der Schmuddelecke, aus den Nischen und Hinterzimmerregalen, ohne weniger kinky, verspielt oder andeutungsvoll sein zu müssen. Michel Foucault und Roland Barthes haben schon längst ihren festen Platz in der Philosophie, Marcel Proust, Oscar Wilde und Thomas Mann ihren in der Belletristik, aber da geht natürlich noch viel mehr und tut es zum Teil schon.

Ein Teil der Arbeit ist es, queere Stimmen zu veröffentlichen, neu zu verlegen, zu entdecken, zu rezipieren. Ein Teil der Arbeit ist es, nach dem queeren Flirren und Summen im etablierten Kanon zu fragen, das allzu lang mit enganliegenden Scheuklappen ausgeblendet wurde. Der Kanon ist womöglich nicht so antiqueert, wie uns vermittelt wurde. Gleichzeitig frage ich mich, ob der Wunsch nach einem „queeren Kanon" langfristig nicht auch problematisch ist? Geht es nicht vielmehr darum, den Kanon zu queeren, vielleicht den Kanonbegriff selbst abzuschütteln wie eine nervige Fliege? Ein Teil der Arbeit scheint mir auch, Menschen einzuladen, hartnäckig einzuladen, sich mit queerer Literatur auseinanderzusetzen.

Gleichzeitig bleibt die Frage nach der politischen Dimension queerer Literatur und Kunst, wie Nataša Velikonja unterstreicht. Nach ihrem subversiven Potenzial. Wenn queere Literatur immer mehr Teil einer vermeintlichen Normalität wird, von welcher Normalität sprechen wir, und wollen wir überhaupt Teil dieser Normalität sein? Gleichzeitig ist es wichtig, dass gerade auch etablierte Literaturinstitutionen spezifisch queeren Themen einen Raum geben. Das Literarische Colloquium Berlin hat da inzwischen eine gewisse Tradition. Das ist sehr schön. Und ich nehme mir mal heraus zu sagen: Wir hoffen auf Fortsetzung, auf viele weitere Festivals queerer Kultur.

arjunraj

Liminalität

Das Coming Out wird oft als typisch westliches Konzept angesehen, das eng mit einem konkreten kulturellen und gesellschaftlichen Rahmen verknüpft und damit nicht universell anwendbar ist. Menschen aus nicht-westlichen Kontexten können mit diesem Rahmen häufig wenig anfangen, weil er ihre Erfahrung nicht abbildet.

Für mich bedeutet Coming Out nicht nur das Heraustreten aus dem sprichwörtlichen Schrank; es geht um das Ausbrechen aus einem konstruierten Panzer. Wer nicht der Norm entspricht, legt sich eine Maske zu, um unsichtbar zu werden, um sich vor neugierigen Blicken und Bewertungen zu schützen. Beim Erforschen der vielschichtigen Ausdrucksmöglichkeiten von Gender – wie Gender-Fluidität, Gender-Nonkonformität und Identifikation als trans*[1] – habe ich selbst die Gegenidentifikation mit maskulinen Eigenschaften gesucht, mit denen ich aufgewachsen bin, habe gesellschaftliche Erwartungen infrage gestellt und im Diskurs Zugehörigkeiten ebenso wie Nicht-Zugehörigkeiten entdeckt. Der Begriff, mit dem ich am meisten anfangen kann, ist das englische *liminal*, auf der Schwelle. Das trifft es am ehesten. Das liminale Dasein ist eine facettenreiche Erfahrung, die keine einfache Kategorisierung zulässt. Ein Freund hat einmal zu mir gesagt, trans* zu sein liege in seiner Natur, und damit die Vorstellung von einem linearen Vorher und Nachher der Transition infrage gestellt. Diese Perspektive zeigt deutlich, wie gewaltvoll es ist, trans* Identitäten durch eine streng binäre Brille zu betrachten. Und daran angelehnt würde ich sagen: liminal zu sein liegt in meiner Natur.

Eine weitere Herausforderung in derzeitigen Diskussionen über Queerness ist die Tendenz, das Leben von Personen mittels akademischer Terminologie zu validieren. Dadurch wird das Leben queerer oder rassifizierter Menschen oft auf abstrakte Konzepte reduziert, die sogar für diejenigen, die anhand dieser soziologischen Konstrukte analysiert werden, unverständlich sind. Es ist unbedingt erforderlich, dass wir uns auf die leibhaftigen Erfahrungen individueller Menschen konzentrieren – deren Beziehungen, Kämpfe, Siege, Niederlagen, Ängste und Hoffnungen – und den Geschichten aus diesen Lebensquellen Gehör verschaffen.

Auf dieser Grundlage würde ich dafür plädieren, den Begriff Coming Out zu erweitern. Das Phänomen gilt nicht nur im Zusammenhang mit queeren

arjunraj

Genderidentitäten; es steht auch für den Akt des Heraustretens aus den Schränken, die wir um uns herum aufbauen, um uns vor Leid zu schützen.

(Aus dem Englischen von Anna-Nina Kroll)

1 Trans*gender ist ein Überbegriff für Personen, deren Genderidentität oder -ausdruck von dem abweicht, was ihnen bei der Geburt zugeschrieben wurde. Er wird genutzt, um nicht-normative Äußerungen von Gender oder Geschlechtsverkörperung zu beschreiben, darunter Transsexuelle*r, Transvestit*in, Drag Queen, Drag King und Genderqueer. In meinem Text benutze ich den Begriff „trans*" als Kürzel für trans*gender.

Ju Bavyka

Auszug aus: Kann das ein Zuhause sein?

3. Flüchtige Eindrücke

Seit meinem Coming Out als nicht-binär reise ich regelmäßig in meine Kindheit und frühe Jugend zurück, um den Kompost meiner Erinnerungen umzuschichten und leichte Änderungen an meinem jeweiligen Spiegelbild vorzunehmen. Manchmal setzt das giftige Gase frei und macht mich fast schwindelig, aber insgesamt finde ich diesen Prozess sehr produktiv und transformativ. Ich mache das, um mein junges Ich zu unterstützen und dessen Wünsche und Träume wiederzuentdecken.

Anfangs bin ich auf der Suche nach Ort und Zeit meiner Geburt beziehungsweise der Geburt meines „echten, authentischen queeren Ichs". Unermüdlich stöbere ich nach Beweisen. Wie soll ich mir etwas vorstellen, das nicht sichtbar oder vielleicht überhaupt nicht dagewesen ist? So geboren worden zu sein ist eine praktische Erklärung. Im Kopf gehe ich die Bilder durch. Ich sehe mich in meinem Elternhaus in den goldenen Nachmittagsstunden, in denen niemand zu Hause ist. In diesen Stunden öffnete ich die Augen und sah eine seltsame Gestalt, die erst soundso aussah, und wenn ich wegschaute, verwandelte sie sich in etwas anderes. Sie erschien um drei und verschwand um fünf wieder. Ich ziehe die Klamotten meines großen Bruders an, und manchmal benutze ich den Besen als Gitarre. Wir haben drei Musiksender – MTV, VIVA und MuzOboz –, die der Mittelpunkt meines Lebens sind. Über die Jahre wächst das Repertoire, und die Geschichten werden komplexer. Zuerst ist die Logik ganz simpel – es gibt mich, und es gibt den Rest der Welt.

Aber haben nicht alle Wünsche irgendeine materielle Grundlage? Die Auflösung der Sowjetunion war eine wilde Achterbahnfahrt und brachte Freiheiten, aber auch Herausforderungen mit sich. Während mein Land die Wandlung vom Kommunismus zum Kapitalismus durchmacht, mache ich selbst auch eine durch – subtile, kaum wahrnehmbare Veränderungen, noch immer meiner Queerness nicht bewusst. Alle machen eine Wandlung durch. Meine Eltern werden zu Grundbesitzenden (aufgrund erzwungener Privatisierung) und unbezahlten Arbeitenden in einem toten System. Die Dinge, die mein neugeborenes Land fluten, helfen mir: Es kommen Pakete mit Secondhandklamotten von Verwandten, die bereits nach Deutschland ausgewandert sind. Die Kartons verströmen einen einzigartigen Geruch nach Kaugummi und

Altkleidern. Damals gibt es in Ssachen Mode nur den Markt, reihenweise Stände, an denen die gleichen Klamotten verkauft werden, erst aus der Türkei und später aus China. Kleidung für Frauen ist meist extrem feminin. Ich bin stinksauer. Nur ein paar Jahre nachdem wir die Schuluniform losgeworden sind, wollen alle wieder gleich aussehen. Jetzt ist die Frage allerdings, wer es sich leisten kann.

Ich bin fast fünfzehn – eine zähe, schmerzhafte Zeit für mich. Mein Körper verändert sich, aber nicht schnell genug. Ich glaube, für immer in diesem Zwischenzustand stecken zu bleiben. Meine Mutter ist damit beschäftigt, uns über Wasser zu halten. Sie erfindet neue Rezepte mit der Hälfte der nötigen Zutaten und verkauft die Autoteile, mit denen sie für ihre Arbeit als Buchhalterin bezahlt wird. Eine neue Welle vegetarischer Gerichte entsteht in dieser plötzlichen Ära der Armut. Ich nähe mir meine eigenen Klamotten, angefangen bei meinem ersten BH, den ich aus einer Not heraus bastle, über diverses andere wie eine Baskenmütze bis hin zu einer Weste aus einem Ledermantel, den ich aus einem der Altkleiderpakete ziehe. Das sind die ersten Entscheidungen, die ich aus Mangel an Auswahl treffe.

Ich habe keine Ahnung, wer ich bin, und auch noch keine Worte dafür, wer ich einmal werden könnte, aber ich erspüre dieses kurze Zeitfenster, in dem alles möglich ist. Überall blitzt Hybridität auf, und für einen kurzen Augenblick ist das nichts Schlechtes. Ich führe komplizierte und mutige Beziehungen mit dem, was verfügbar ist. Queeres Begehren auszuleben ist für mich ein Gemeinschaftswerk, aus dem Verbindungen und Beziehungen wachsen, die zur Selbsterkenntnis führen. Es gibt nicht nur mich auf der einen und die Welt auf der anderen Seite, ich bin in der Welt und die Welt ist in mir, wir sind miteinander verbunden.

Später erklärt man sich das plötzliche Auftauchen queerer Existenzen in der postsowjetischen Gesellschaft der Neunziger damit, dass sie aus dem Westen importiert worden seien. Weil es in der Sowjetunion keine Queers gab, müssen sie logischerweise anderswo hergekommen sein. Die Verbindung zwischen dem häufiger genutzten Begriff Homosexualität und dem Westen setzt sich für immer in den Köpfen der Menschen fest. Das Gefühl der Freiheit ist bald wieder verschwunden.

4. Zuversicht

Wir hatten keine Wahl, sagten meine Eltern etliche Male, wenn sie an ihr Leben zu Sowjetzeiten zurückdachten. Die meiste Zeit schien es keine große

Auswahl zu geben; manchmal war die Entscheidung schwierig. Öfter jedoch war es nahezu unmöglich, eine gute Wahl zu treffen. Zum Beispiel, als meinem Vater eine Wohnung angeboten wurde, für die er im Gegenzug jahrelang hätte Knochenarbeit leisten müssen. Also lehnten sie ab und bereuten es später. Zum Beispiel, als meiner Mutter auf der Arbeit ein Kleiderschrank angeboten wurde, den am Ende jemand anderes bekam, weil sie sich nicht schnell genug entschieden hatte. In den Siebzigern war es ein Lottogewinn, irgendetwas abzubekommen, selbst Nahrungsmittel, Möbel oder Kleidung. Entscheidungen zu treffen war immer, und so wurde es auch uns Kindern vermittelt, eine schmerzhafte Erfahrung.

Eine der faszinierendsten Entscheidungsgeschichten, die jedes Jahr Ende März erzählt wurde, war die, in der es um das Für und Wider meiner Geburt ging. Meine Mutter wollte kein zweites Kind und stand durch die Schwangerschaft vor einer schwierigen Entscheidung. Eine gute Freundin (später meine Patentante), die sie überreden wollte, das Kind zu behalten, riet ihr, sich das Ganze gut zu überlegen, es könne schließlich ein Mädchen sein. Ultraschalluntersuchungen waren 1981 noch nicht sehr verbreitet. Meine Mutter, als Buchhalterin üblicherweise eine Meisterin der Logik und der Zahlen, dachte eine Weile nach und ging dann zu einer älteren Frau am Ende der Straße, die ihr prophezeite, dass ich (ein wenige Wochen alter Fötus) ein Mädchen werden würde. Also durfte ich auf die Welt kommen. Aber wie gehe ich jetzt mit der Tatsache um, dass dies eine der wenigen erfolgreichen Entscheidungsgeschichten meiner Familie ist, ich selbst aber die Wahl getroffen habe, mich zu verändern, potenziell immer weiter, was nicht als Erfolg wahrgenommen wird?

Manche Entscheidungen meiner Familie sind leichter nachzuvollziehen als andere, die nicht so häufig besprochen oder überdacht wurden. Im Großen und Ganzen beinhaltet das Entscheidungsarchiv meiner Familie solche, die aus der Not heraus getroffen wurden (zum Beispiel: Migration, um keinen Hunger leiden zu müssen), und solche, die aus Mangel an Alternativen getroffen wurden (Vertreibung).

Ich denke darüber nach, wie die Tradition des Entscheidens oder das verinnerlichte Vergessen hinterher von Generation zu Generation weitergegeben wird. Denken andere Familien über die Entscheidungen nach, die sie getroffen haben? Haben sie einen Begriff von der Entscheidungsgeschichte ihrer Familie?

Schlussendlich ging es bei der Entscheidung zur Migration um die Wahlmöglichkeiten, die ich einmal haben würde, beziehungsweise um das, was laut Überzeugung meiner Eltern auf keinen Fall aus mir werden sollte. „Nachher musst du noch auf dem Markt arbeiten" war ein Sinnbild für die Art Sackgasse, in der mein Leben enden würde, wenn wir blieben. Damit rechtfertigten meine Eltern unseren Umzug. 1999 packten wir unsere zwei Koffer, um erst die Grenze nach Russland zu überqueren und dann in ein Flugzeug nach Deutschland zu steigen.

5. Einsamkeit

Nach der Migration gibt es einen kurzen Zeitraum, in dem die Menschen unglaublich offen für Neues sind. Sie haben die schwierige Entscheidung getroffen, ihr Leben völlig auf den Kopf zu stellen, alles Liebgewonnene und Vertraute hinter sich zu lassen, und in dieser sehr verletzlichen Phase hegen sie die bescheidene Hoffnung, dass am anderen Ende der Reise dieselbe Offenheit und Neugier wartet. Mit angehaltenem Atem schauen sie in den Spiegel neben der Eingangstür und warten darauf, willkommen geheißen zu werden.

Dieser vorübergehende Traumzustand enthält endlose Fantasievorstellungen und Wünsche, aber er vergeht schnell. Wie ein Nebelschleier ist er nach einem oder zwei Jahren komplett verflogen. Fantasien werden als Illusionen erkannt und aufgegeben oder in die Zukunft geschoben, für bessere Zeiten aufbewahrt. Für viele heißt das, sich nicht nur möglichst schnell anpassen zu müssen, sondern zusätzlich schlecht bezahlte Jobs, zum Beispiel in Schichtarbeit anzunehmen, um irgendwann bereit für den Platz zu sein, der einem zugewiesen wird. Das anfängliche Bild eines neuen, fähigen und erwünschten Ichs kann sich im fortlaufenden Konflikt mit sich selbst und einem wachsenden toxischen Gefühl der Unzulänglichkeit verheddern.

Bei meiner Ankunft in Deutschland wird mir ein oranger Pullover vom Roten Kreuz geschenkt und eine neue Identität als Russlanddeutsche·r verordnet – die ethnische Minderheit, der meine Mutter angehört. In einem ausgesprochen lieblosen, bürokratischen Prozess wird mir diese Identität zugeschrieben wie Jahre zuvor mein Geschlecht, und sie kommt mit einem ganzen Paket an Erwartungen. In einem Aufnahmezentrum beobachte ich, wie die Menschen um mich herum ihre Namen ablegen und als Willkommensgeste neue Namen zugeteilt bekommen, Waldemar statt Vladimir, Eugen statt Evgeniy. Meine neue Community.

Masha Gessen schreibt über die erste Gay-Party mit 15 über die Erfahrung, Teil einer Community zu sein, und den Gedanken: So könnte ich sein.

Als ich mein neues Migrant·innenleben beginne, haben die Institutionen eine ziemlich genaue Vorstellung von dem, was ich sein soll, und nicht von dem, was aus mir werden könnte. Mehr noch, sie glauben offenbar zu wissen, wer ich vorher war, und das soll ich ebenfalls glauben. In dem Spiegel, der mir vorgehalten wird, sehe ich eine geradlinige Geschichte, in der ich einen Ausbildungsberuf ergreife, eine Familie gründe und mich zufrieden in mein neues Leben füge. Dieser paternalistische Ansatz erinnert mich daran, wie mein Großvater mein Elternhaus entworfen hat. Die Fantasielosigkeit unserer Gastgeber·innen hinterlässt ein schales Gefühl bei mir.

Im Nachhinein betrachtet sind die folgenden Jahre die einsamsten meines Lebens. Ich schreibe mich an der Kunsthochschule ein, was mir wie eine gute Übergangslösung vorkommt und mich die Entscheidung darüber, wer ich einmal sein werde, hinauszögern lässt. Während meine gleichaltrigen Cousins und Cousinen (nach einer Partyphase in wilden Russendiscos) damit beschäftigt sind, Familien zu gründen und Häuser zu bauen, verbringe ich meine Zwanziger an der Kunsthochschule, wäge meine Möglichkeiten ab und kann mich nicht entscheiden. Während meine Verwandten und manche Freund·innen sich von ihrem vorherigen Leben distanzieren und sich ein romantisches Bild dessen bewahren, was sie zurückgelassen haben, distanziere ich mich von dem Selbstbild als migrantische Person und Teil einer Diaspora – von dem Bild im Spiegel, in dem ich zu sehen sein soll.

Manchmal fühle ich mich wie der abgeschnittene Zopf meiner Mutter in der Kommode unter dem Spiegel. Ich wünschte, ich müsste nicht Teile von mir aufgeben, um herauszufinden, wer ich sein kann.

(Aus dem Englischen von Anna-Nina Kroll)

Mikita Franko

Coming Out

Wenn du ein trans Mensch bist – und auch noch nonbinär und nicht versuchst, dein Trans-Sein zu verbergen –, ist ein Coming Out keine Frage der Entscheidung. Ein Coming Out ist jeden Tag ein Muss, immer wenn du einen neuen Menschen kennenlernst, selbst dann, wenn du es gar nicht möchtest (und ich möchte es fast nie: Mir steht selten der Sinn danach, mich zu erklären).

Festivalimpression von Noëlle Kröger

Dort, wo ich geboren wurde und aufgewachsen bin, ist das ein Problem: Dir kann Aggression entgegenschlagen oder sogar Gewalt, wenn du richtigstellst, dass dein Pronomen nicht mit dem Geschlecht übereinstimmt, das bei deiner Geburt eingetragen wurde. Deswegen mache ich sehr selten neue Bekanntschaften, wenn ich in Kasachstan bin: Dort ich selbst zu sein, ist eine große Provokation für die Gesellschaft. Ich bin nicht bereit zu verbergen, wer ich bin, aber ich bin auch nicht bereit, täglich um mein Leben und mein Wohlbefinden zu kämpfen. Deswegen bevorzuge ich es, die meiste Zeit allein zu sein, obwohl das dazu führt, dass ich mich verloren fühle. Manchmal denke ich: „Ich sollte einen Töpferkurs besuchen, vielleicht finde ich da Freunde und mache dabei noch eine Vase“, aber dann gleich wieder: „Nein, dann muss ich ihnen sagen, dass mein Pronomen er/ihm ist, und danach möchte niemand etwas mit mir zu tun haben, und im schlimmsten Fall werde ich noch verletzt." Also gehe ich nicht zum Töpferkurs. Ich gehe nicht zum Zeichenkurs, Tanzkurs oder Programmierkurs, ich schließe keine neuen Bekanntschaften und Freundschaften, und ich lasse den Gedanken gar nicht zu: „Vielleicht sind ja nicht alle Menschen queerfeindlich, ich könnte dort trotzdem eine·n Freund·in finden." Denn in meinem Land sind die meisten Menschen queerfeindlich, und die Wahrscheinlichkeit, auf eine positive Reaktion zu stoßen, ist so verschwindend gering, dass es eine Wahl ist zwischen Krieg und Einsamkeit. Kämpfen oder verlieren? Mir scheint, dass ich immer präventiv verliere.

Manchmal erscheint es mir einfacher, aufzuhören, ich selbst zu sein, oder mich zu verstecken, doch Letzteres ist beinahe unmöglich, wenn du eine bekannte Person bist und die lokale Queer-Community von dir Mut und Offenheit erwartet, kein Schweigen. Ich gebe den feigen Ideen, meine Identität „abzuschaffen", nicht nach – ich weiß, dass ich mich nie dafür entscheiden werde. Aber der feigen Entscheidung für die Einsamkeit gebe ich nach. Ich bevorzuge es, mit niemandem zu sprechen, um nicht über mich sprechen zu müssen. Das bedeutet Coming Out für mich.

(Aus dem Russischen von Maria Rajer)

Benno Gammerl

Raus ins Offene?

Kommt Mausi raus? So spielerisch näherte sich der Titel von Angelina Maccarones lesbischem Film von 1995 dem Thema. Beim Coming Out werden Einzelne für eine größere oder kleinere Öffentlichkeit als Menschen sichtbar, deren Lebensentwürfe nicht den cis-heteronormativen Vorgaben entsprechen. Insofern geht es auch um die mediale Verbreitung von Neuigkeiten. Besonders deutlich beim Outing, also wenn das Queersein einer Person ohne deren Einverständnis öffentlich gemacht wird. Rosa von Praunheim tat das 1991 mit Hape Kerkeling. Bereits 1907 outete der Homosexuellen-Aktivist Adolf Brand Reichskanzler Bernhard von Bülow.

Zwischen Reden und Schweigen prägen vielschichtige Dynamiken die Geschichte des Coming Out. Angst spielte eine wichtige Rolle, und der Mut, den Aktivist·innen auf den ersten Schwulen- und Lesbendemos der 1970er-Jahre einübten. In kleinen Gruppen gaben sie sich zu erkennen und wurden von Passant·innen bespuckt. 1980 veröffentlichte Martin Siems *Coming Out. Hilfen zur Homosexuellen Emanzipation*. Die Lesenden sollten das Sich-Zeigen lernen.

Damals begriff man das Coming Out emphatisch: Eine unverbiegbare und letztlich unverbergbare innere Wahrheit musste sich Bahn brechen. Das passte zu den in alternativen Milieus erhobenen Selbstfindungs- und Authentizitätspostulaten. Seine Kraft verdankte der Impuls zum Zeigen des eigentlichen Ichs auch der queer-feindlichen Gesellschaft, deren Ablehnung Gegendruck hervorrief. Seither haben sich nuanciertere Varianten der Thematisierung des eigenen So-Seins entwickelt, mal expliziter, mal impliziter, mal gar nicht.

Das Coming Out ist eine Dynamik mit mehr oder weniger eindeutiger Richtung. Sie führt beileibe nicht immer aus dem verheimlichten Interieur ins unverhohlen Offene. Deswegen ist es wichtig, sich von solchen holzschnittartigen Kontrasten zu verabschieden und das Coming Out als eine Bewegung zu begreifen, die mit Möglichkeiten flirtet, die auch spielerisch sein kann, die Bewegung bleiben darf, ohne sich in irgendwelchen Identitätsrastern zu verfangen.

Festivalimpression von Lena Winkel

Gunther Geltinger

Köln, den 7. August 2024

Liebes Coming Out,

nie hätte ich gedacht, dass ich dir einmal einen Brief schreiben werde. Dabei sollte ich doch Übung darin haben, an Adressaten zu schreiben, die mir unerreichbar erscheinen, meine Worte an ein Gegenüber zu richten, dem meine Hoffnungen und Sehnsüchte gelten: Wie in dem fieberhaft hingesetzten und auf dem Weg zum Postkasten wieder zerrissenen Brief an S., meinen Banknachbarn, in den ich eine halbe Schulzeit lang verliebt war. Ich glaubte, an der Schmach der Zurückweisung irre zu werden, sollte ich dich, wie ich es in diesem Brief mit dem Blut und den Tränen meiner Jugend imaginierte, endlich wahr machen. Einige Jahre später, ich war inzwischen Student an der Filmhochschule, schrieb ich in einem vor Hochherzigkeit – oder war es doch Hybris? – überschäumenden Brief an eine bekannte deutsche Schauspielerin, dass ich mir für die Hauptfigur in meinem Abschlussfilm – die Geschichte einer Ehefrau und Mutter, die sich auf eine Liebesaffäre mit einer jüngeren Frau einlässt – keine andere Besetzung vorstellen könne als sie. Es wäre, malte ich mir aus, in ihrer bisher heteronormativen Filmografie die erste lesbische Rolle, eine Sensation. In meinem Drehbuch konntest du dich in deiner ganzen dramatischen Bandbreite austoben, vom heimlichen Kuss über die Nacktszene und den Suizidversuch bis zum Happy End war alles dabei, und gegen meinen von *Thelma & Louise* inspirierten Showdown wäre das Finale bei Ridley Scott, der für seine von gewalttätigen Männern verfolgten und traumatisierten Heldinnen keinen anderen Ausweg als den gemeinsamen Tod weiß, ein lauer, pseudofeministischer Furz gewesen. Zu meiner Überraschung sagte die Schauspielerin zu, den Film aber habe ich nie realisiert.

Und ach! – die Leser·innen meiner Romane, die statt der Filme, die ich machen wollte, auf mein Studium folgten und in denen es letztendlich immer um dich geht: darum, dass die, vor denen ich mich im Labyrinth deiner Verwirrungen und Querelen schreibend verberge, mich sehen. Aber wen oder was sollen sie erkennen? Den Schriftsteller, der Männer liebt, oder den schwulen Mann, der die Literatur als Sprache braucht, um in dieser Welt Mensch sein zu können? Irgendwann zwischen S. und der Schauspielerin gab es noch einen Brief, den ich im Auftrag meiner Therapeutin an mich selbst schreiben sollte. Ich lieferte ihr zehn Seiten ab, die sie, ohne einen Blick darauf zu werfen, in einen Umschlag steckte. War es ein Versehen oder Vorsatz, war es die Gedankenlosigkeit einer heterosexuellen Provinzpsychiaterin oder das kühne Kalkül einer erfahrenen und abgefeimten Seelenjägerin, die weiß, wohin der verletzte Hase, will er überleben, laufen muss, dass Frau Dr. A., die mich seit meiner Jugend auf den richtigen Weg setzen sollte, den Brief an meine alte Heimatadresse schickte, die wohl noch immer in ihrer Kartei stand? Mein Vater hielt das dicke Kuvert für die Quartalsabrechnung und öffnete ihn. Ich wurde nach Hause bestellt, der Vater schrie herum, die Mutter weinte leise, nur meine jüngere Schwester zuckte mit den Schultern und sagte: Das hab ich doch schon immer gewusst.

An diese Szenen wirst du dich wahrscheinlich nicht erinnern. Denn auch wenn ich damals versucht war, dir die Schuld an diesem Debakel zu geben – heute habe ich verstanden: Du warst gar nicht dabei. Erst in der Zeit danach begann unsere Bekanntschaft, die sich mit den Jahren zaghaft verfestigte. Oder war es vielmehr so, dass du schon immer da gewesen bist, stumm und unsichtbar an meiner Seite wie ein Freund im Hintergrund, der sich erst als solcher erweist, wenn der andere bereit ist, ihn in seinem Leben willkommen zu heißen? Ich suchte dich in den Büchern der Schriftsteller·innen, die über dich – oder durch dich – geschrieben hatten, und dachte: So musst du sein. Ich begegnete dir in Filmen, erkannte dich auf Fotografien und Gemälden und in den Luftgestalten der Tänzer auf Bühnen, ich las in den Werken der Wissenschaften, die dich erforschen, und jedes Mal dachte ich: Nein, so bist du. Jedes Mal warst du mir von weit her vertraut und fremd zugleich, warst mir im selben Moment ganz nah und unendlich weit weg, jedes Mal warst du ich und gleichzeitig alle anderen, als wären die Worte und Bilder ein Fernrohr, durch das ich im Eifer des Gefechts verkehrt herum auf uns schaue.

Als ich dich schließlich in meinem ersten Roman als mein Alter Ego auftreten ließ, glaubte ich, dich endlich gestellt zu haben. Doch du bist mir in die nächste Figur, in einen neuen, noch zu schreibenden Text entwischt, und von dort wieder zwischen meine suchend über die Tastatur gleitenden Finger, die dich, den in tausend Schimären schillernden Hasen auf seiner Flucht vor seinem eigenen Schatten, einfach nicht zu fassen kriegen.

In einer der folgenden Sitzungen fragte mich damals Frau Dr. A., ob der Brief gut angekommen sei. Mir lag der Protest auf der Zunge, doch ich schluckte meine Wut herunter, schwieg eine Weile und sagte schließlich: Ja. Beim letzten Abi-Treffen sah ich nach 30 Jahren S. wieder, der mit Frau und Kindern noch immer in meinem Heimatdorf lebt. Jahrzehntelang habe ich diese Zusammenkünfte meiner ehemaligen Klasse gemieden, um S. nicht zu begegnen, nun musste ich erstaunt feststellen, dass mein Bedürfnis, ihm zu sagen, wie sehr ich in meiner Jugend wegen ihm gelitten hatte, erloschen war.

Vor Kurzem entdeckte ich auf Facebook einen Post, in dem sich besagte Schauspielerin gegen Homophobie, Diskriminierung und Rassismus ausspricht. Mir fiel das Interview wieder ein, in dem eine andere bekannte deutsche Schauspielerin, Maren Kroymann, dem Publikum einer großen Tageszeitung berichtet, wie sich das Rollenangebot nach ihrem Outing verändert, dass sie im Fernsehen kaum mehr Frauenfiguren gespielt habe, die Liebesbeziehungen mit Männern führen. Ich fragte mich, ob ich damals Kroymann für die Rolle in meinem Film angefragt hätte, wäre mir zu dieser Zeit schon bewusst gewesen, dass ihr euch kennt. Und wie es mir gegangen wäre, wenn sie abgesagt oder mein Drehbuch für Schrott befunden hätte.

Mein Vater hat übrigens alle meine Bücher gelesen. Morgen werde ich nach Berlin fahren, zu einem dreitägigen Festival, das zu deinen literarischen Ehren gegeben wird. In Lesungen, Panels, Workshops und Performances sollst du auftreten, gewürdigt, diskutiert und gefeiert werden. Auch der einen oder anderen unangenehmen Frage, nehme ich an, wirst du dich stellen müssen. Ich bin auch eingeladen, mich zu äußern, doch ich habe ein wenig Sorge, dass ich dich in all den Geschichten, Meinungen und Debatten wieder nicht erkennen werde. Ehrlich gesagt habe ich Zweifel, ob du überhaupt kommst. Deshalb habe ich beschlossen, dir diesen Brief zu schreiben, den ich noch schnell auf den Weg bringen will, bevor ich meinen Koffer packe. Denn was auch immer in den nächsten Tagen in Berlin mit dir und mir geschehen und egal welchen Namen unsere Beziehung in Zukunft tragen wird, so viel steht fest: Mich wirst du nicht los. Aber keine Angst, ich werde dich jetzt nicht nach deiner Adresse fragen. Ich weiß ja Bescheid.

In diesem Sinne: Auf Wiedersehen!

Simoné Goldschmidt-Lechner

That place where work begins[1]: Coming Out als intersektionale Praxis

In den Neunzigern und Anfang des 21. Jahrhunderts, so scheint es in Film, Fernsehen und Literatur des „Westens" oder „globalen Nordens" – beides keine guten Begriffe –, ist das Zu- und Eingeständnis von Queerness, das Coming Out vor Familie und Freund·innen fast zwangsweise mit Ablehnung verbunden. Literarisch und in Filmen suche ich damals, wie viele andere Baby Queers dieser Zeit, nach einem Umgang mit nicht-normativen Gefühlen. Die meisten Geschichten, auf die ich zu dieser Zeit stoße, begreifen Queerness als Geheimnis, das Coming Out vor sich selbst und anderen dementsprechend als Geständnis. Ich erinnere mich an Soap Operas, in denen das Coming Out junger (weißer) cis-Männer meist zu deren Ausschluss aus Familienstrukturen führt, der nachfolgende Mangel an Zugehörigkeit Beziehungen und Leben gleichermaßen nachhaltig negativ beeinflusst. Funktional ist es damit so etwas wie eine Beichte, die Implikation entsprechend die einer zugrundeliegenden Schuldhaftigkeit. Dabei funktioniert ein Coming Out als Höhe- oder Wendepunkt des Narrativs, als charakterprägend für den·die Protagonist·in, als Moment des Zugeständnisses oder des Widerstands. *Longing* und *Belonging* sind die entscheidenden Begriffe, wenn es um das Coming Out geht, ein *Longing* nach *Belonging* einerseits, *longing to be free, to be oneself* etc., *belonging to a community – choosing a community*. Seltener wird vor der Jahrtausendwende dabei aber Queerness gemeinsam mit anderen Eigenschaften, selbstgewählten und fremdbestimmten Identitätskategorien, in Zusammenhang gebracht, also intersektional betrachtet. Selbst James Baldwins *Giovannis Zimmer* (*Giovanni's Room,* 1956) verhandelt Queerness losgelöst von Race aus weißer Perspektive. Und das zugrundeliegende Framing des Coming Out als einer Art Beichte verfestigt und legitimiert eine gesellschaftlich zugeschriebene Scham, die mir auch seinerzeit bereits wenig produktiv scheint.

Eine bemerkenswerte Ausnahme bildet Audre Lordes 1982 erschienene so betitelte Biomythographie *Zami: Eine neue Schreibweise meines Namens* (*Zami: A New Spelling of My Name*). Ganz selbstverständlich verwebt Lorde hier das sexuelle Coming Out sich selbst und anderen gegenüber mit einem poetischen Coming Out und der Erkenntnis von sich selbst nicht nur als queere, sondern auch als Schwarze Person. Damit einher geht aber auch die Erkenntnis, dass ein Coming Out aus Schwarzer lesbischer Perspektive nicht notwendigerweise mit *Belonging* einhergeht. Lorde schreibt: „I wasn't cute or passive enough to be ‚femme', and I wasn't mean or tough enough to be ‚butch'. I was given a wide berth. Non-conventional people can be dangerous, even in the gay community." Personen, die nicht in queere Zuschreibungen passen, fallen demzufolge aus der queeren Community heraus. Hier kann man ein ganzes Problemfeld aufmachen, den Unterschied zwischen Mainstream Queerness und Ballroom Culture in den 80ern und 90ern ebenso kritisch aufdröseln wie die Tendenz, die wichtigen Beiträge zum Befreiungskampf queerer Menschen durch nicht-weiße, nicht-cis queere Menschen wie Marsha P. Johnson und Sylvia Rivera zu ignorieren.[2] Das würde hier den ohnehin schon ausgereizten Rahmen sprengen, aber ganz unerwähnt sollen diese Dinge nicht bleiben.

Aktuelle Coming-of-Age-Geschichten jedenfalls, insbesondere für Jugendliche und junge Erwachsene, wie etwa die bislang fünf Bände zählende Graphic-Novel-Serie *Heartstopper* (2018–2023) von Alice Oseman, scheinen die Idee des Coming Out als eher negativ besetzten Wendepunkt überwunden zu haben und versuchen sich auf den ersten Blick an einer Integration möglichst vielfältiger Perspektiven. Dabei geraten Sexualität und sexuelles Verlangen allerdings, wie es scheint, zugunsten von Selbsterkenntnis ins Hintertreffen. In der ganzen Subjektwerdung fehlt zuweilen die Erkenntnis, dass auch Objekt des Begehrens zu sein, Teil dieser subjektiven Erkenntnis sein kann. Ohne es zu wollen, wird so Sexualität negativ besetzt, ein durch monogame Zugehörigkeit bedingtes heteronormatives Weltbild unterstützt. Und das Coming Out als solches wird zwar positiv besetzt, gleichzeitig aber die Annahme getroffen, dass die Welt, in der sich die Protagonist·innen bewegen, größtenteils postrassistisch ist. Der Struggle der Schwarzen Transfigur beschränkt sich entsprechend größtenteils auf ihre Transidentität, nicht auf die Besonderheiten, die sich aus Schwarzen afrodiasporischen Männlichkeits- und Weiblichkeitsvorstellungen ergeben können.

Anders verhält es sich in Okechukwu Nzelus Roman *Here Again Now* (2022). Der britisch-nigerianische Autor verhandelt Männlichkeit und Gewalt in der Familiengeschichte seiner Protagonisten im Rahmen des Igbo-Glaubens an die Wiedergeburt innerhalb derselben familiären Strukturen. Die Idee Schwarzer Maskulinität ist ein Hindernis für ein Zugeständnis an sich selbst und andere. Coming Out im klassischen Sinne wird unmöglich und ist unweigerlich an diese Männlichkeitsvorstellungen gekoppelt.

In *Haus aus Wind* von Laura Naumann (2024) spielen, neben vielen anderen Dingen (außer cis-Männern), Begehren, aber auch Begehrtwerden eine wichtige Rolle. Hier ist der Fokus auf weißen Figuren aus weißer Perspektive, aber Alter und Race scheinen gelegentlich durch. Das queere Coming Out der Protagonistin liegt bereits hinter ihr, doch in Coming-of-Age-Manier gibt es nicht nur dieses Coming Out, und die Idee des Coming Out wird durch das Coming In, die Selbstentdeckung der Protagonistin, erweitert und integriert.

Denn letztlich kann der Fokus auf Coming Out als Moment des Umbruchs zu Enttäuschung für literarische Protagonist·innen, aber auch queere

Simoné Goldschmidt-Lechner

Menschen im realen Leben führen, wenn dieses Coming Out nicht den versprochenen Effekt haben kann, weil andere Aspekte eine mindestens genauso wichtige Rolle spielen.

Wenn ich darüber nachdenke, wie ich selbst Queerness in meinem Schreiben verhandele, dann merke ich, dass ich unterteile zwischen weißen, cismännlichen Figuren und anderen, insbesondere nicht-weißen Figuren, dass also intersektionale Überlegungen immer genauso eine Rolle spielen wie das Hadern mit den dadurch entstandenen Zuschreibungen, von innen wie von außen. Coming Out kann für mich kontextuell positiv wie negativ besetzt sein, auf jeden Fall spielen verschiedene Aspekte immer eine Rolle, auch für meine weißen Figuren, und sei es in ihren weißen Flecken, was andere Lebensrealitäten, andere Lebensschwerpunkte betrifft.

Für eine deutsche Fernsehserie über eine lesbische Frau und ihr Liebesleben wurde entschieden, dass deren ethnische Zugehörigkeit keine Rolle spielen sollte, was aber in seltsame Situationen mündete, in denen durch die nicht-weiße Protagonistin Entscheidungen getroffen wurden, die aus nicht-weißem Erfahrungshorizont wenig sinnvoll erscheinen – etwa allein in eine Gegend zu fahren, in der es einen hohen Anteil an rechtsradikalen Personen gibt.

Natürlich müssen also kontextabhängig andere Aspekte als Queerness für Figuren in Coming-Out-Narrativen und in queeren Narrativen im Allgemeinen eine Rolle spielen. Gleichzeitig ergibt sich aus der Wechselwirkung zwischen Kategorien, aus dem Abhaken verschiedener Identitätsdimensionen, nicht notwendigerweise etwas literarisch Wertvolles. Eine intersektionale Praxis kann auch in Bezug auf Coming-Out-Narrative immer nur einen Ausgangspunkt bilden. Sie erlaubt es, dass die moderne Coming-Out-Geschichte, insbesondere für Jugendliche und junge Erwachsene, ein Mittel zur Integration und Reflexion verschiedener Aspekte sein kann und dabei gleichsam spannend und nicht konfliktscheu, sie kann die Bandbreite menschlichen Erlebens abdecken und der unterschiedlichen Erfahrungen, die mit einem individuellen Coming Out, einer Selbsterkenntnis – und damit auch einem Empowerment für sich selbst und andere – verbunden sein können: Einer neuen Schreibweise des eigenen Namens.

1 „Every woman I have ever loved has left her print upon me, where I loved some invaluable piece of myself apart from me – so different that I had to stretch and grow in order to recognize her. And in that growing, we came to separation, that place where work begins.", in: Audre Lorde, Zami: *A New Spelling of My Name* (1982).

2 Hier schließt sich auch die Frage an, wie viele Coming Outs es eigentlich braucht, bis man richtig wahrgenommen wird.

Patricia Hempel

Schutzraum Literatur

Eigentlich reichen die Ereignisse des Sommers 2024, um einzuschätzen, wie es um queere Sichtbarkeit und allgemeine Toleranz steht. Coming Outs prominenter Menschen sind in Deutschland noch immer Titelseiten wert, auf dem CSD in Berlin machen die Strömungen der neuen Rechten kein Geheimnis aus ihrer hasskriminell motivierten Homosexuellen- und Transfeindlichkeit, während in vielen Stadtteilen die Übergriffe gegen LSBTIQ* zunehmen. Allein zwischen den Jahren 2018 und 2019 stieg die Zahl der Straftaten gegen queere Menschen ungeachtet der Dunkelziffer um 60 Prozent. Die im Folgejahr auf der Innenministerkonferenz vom damaligen Bundesinnenminister Horst Seehofer vorgestellten Fallzahlen der politisch motivierten Kriminalität (PKM) klammerten diesen Trend aus. Hasskriminalität aufgrund sexueller Orientierung wurde auf keinem Blatt des 14-seitigen Berichts ein nennenswerter Themenpunkt. Die jetzige Regierung gelobt Besserung: Berlins Queerbeauftragter Alfonso Pantisano fordert, dass Bilder von Überwachungskameras der BVG und S-Bahn länger gespeichert werden sollen, schließlich gibt es in der Hauptstadt pro Tag drei Übergriffe gegen queere Personen (auch hier dürfte die Dunkelziffer höher liegen), häufig in öffentlichen Verkehrsmitteln. Und weiter: Aus- und Fortbildung der Polizei, bundeslandübergreifende Einrichtung von Beratungsstellen, Ausbau spezialisierter Präventionsmaßnahmen – doch ist die Grenze der Möglichkeiten schnell erreicht, wenn der Hass von innen heraus schwelt und Teil eines ungesunden Zeitgeists ist, eine ungesunde Nebenmechanik. Ich schreibe mir diese Sätze vom Hals und denke über diesen Zeitgeist nach, der Menschen in einer sich zur Diversität bekennenden Großstadt dazu treibt, sich wie im Fall von Ella Nik Bayan im öffentlichen Raum selbst zu verbrennen. Welche Schutzräume gibt es wirklich und welche davon sind nutzbar? Für mich ist einer davon die Literatur, und mich freut jedes Jahr die zunehmende Anzahl von Neuerscheinungen, die mehr oder weniger offensichtlich queere Thematiken verbreiten. Gute Geschichten umgeben uns. Sie schleichen sich in unser kollektives Bewusstsein. Sie prägen die Masse und den Mainstream. Sie verändern Gefühlsgewohnheiten. Literatur kann queere Lebenswirklichkeiten verbreiten und dabei aktivistisch und progressiv sein, laut und kritisch. Aber sie kann auch Räume öffnen, in denen Queerness keines Schutzes bedarf und nicht zur Quote degradiert wird; in der sie längst ein selbstverständlicher Teil von Geschichten und Erzählungen ist, ohne Erklärungsgegenstand zu sein. Als ich mit dem Tropen Verlag an meinem zweiten Roman *Verlassene Nester* zu arbeiten anfing, fiel nicht ein einziges Mal der Begriff „Queeres Coming-of-Age". Pilly, die Hauptfigur, durfte sich völlig unkommentiert in Katja verlieben, und ihre Tanten waren ganz nebenbei lesbisch. Mir war es wichtig, dass diese Umstände weder auf dem Klappentext noch in den Lebenswirklichkeiten der Romanfiguren eine Rolle spielten. Denn welcher Schutzraum wäre geeigneter als eine Welt, in der sich LSBTIQ*-Menschen nicht mehr hinter Akronymen verstecken und schon gar nicht das Thema kurzatmiger Schlagzeilen mehr sein müssen?

Heinrich Horwitz

Coming out as Coming Out

für Laure

Ich hatte viele Coming Outs – öffentliche und private, kleinere, größere, universelle und innerliche. Insgesamt habe ich immer wieder festgestellt – ich passe nicht hinein. Nicht in die Form des Coming Outs, die eine Verabredung mit der Welt bedeutet, vielleicht eine neue, aber eben *eine* Lesbarkeit. Vielleicht ist also das eigentliche Coming Out das des coming outs. I come out as Coming Out. Die aktivistische Kraft eines Coming Outs ist immer noch nachvollziehbar begleitet von Angst vor Diskriminierung, Ausgrenzung und Hass. Ein queeres Coming Out kann aber auch bedeuten, eine Wahl-Familie zu finden, romantische Freund·innenschaften, aktivistische Mitstreiter·innen und die einzigartige, empowernde Kraft einer queeren Gemeinschaft zu erfahren. Das kann ein Inviting In bedeuten, auch eine Einladung an sich selbst. Mit sich selbst, dem eigenen Außen, in Transition zu gehen. Aber wann ist diese Veränderung dann abgeschlossen? Ist der performative Akt des Aussprechens ein Vertrag? Oder darf das Sprechen zu Sound, zu Berührung, zu Verzerrung und vor allem zu Wandel werden?

Festivalimpression von Lena Winkel

Ich will hier ein Coming Out beschreiben: ActOut war ein öffentliches Coming Out – wir waren plötzlich unfassbar viele (185 und wachsend), wir haben durch uns selbst und das Beieinandersein eine Kraft erfahren, die ich so nie zuvor erlebt hatte. Es war plötzlich ganz reell kein privates „Problem" mehr oder der Wunsch einer einzelnen Person nach Gleichberechtigung, sondern eine Forderung nach Sichtbarkeit, nach Schutz und auch nach Liebe. ActOut war eines der schönsten Coming Outs meines Lebens, weil ich verstehen durfte, was Familie* alles sein kann. Auch hinsichtlich der Fragen nach einer bestimmten Form der Teilhabe, ich durfte hier alles sein, wir haben die Vielfältigkeit der Gruppe umarmt und die Heterogenität der Einzelnen* gefeiert. ActOut war eine Form des Inviting Ins, ein morphendes Geschöpf, eine Verbindungslinie, dicker als Blut, fluide, romantisch, transformativ, joyful.

Jayne-Ann Igel

Keine Geschichte

Jayne-Ann Igel

Im Frühsommer des Jahres 89 notierte ich, dass es, anders als im tradierten Verständnis, eigentlich keine Geschichte gäbe, sondern nur Entwicklungen, Prozesse, die sich fortschrieben, mit all den Nachwirkungen und Spätfolgen, den Neuauflagen von Problemstellungen. Und in diesem Sinne begriff ich auch die eigene, persönliche Geschichte. Man sagt gern, X oder Y hätten sich *abgenabelt*, vom Elternhaus, von Abhängigkeiten, Verhältnissen, und hat das Empfinden, damit wäre alles vorbei, eben *Geschichte*. Doch die setzt sich fort, ohne eigenes Zutun, was jedoch nicht bedeutet, ihr ausgeliefert zu sein, ohne Einfluss nehmen zu können. Nicht ohne Grund sprechen Geschichtswissenschaft wie Soziologie vom Subjekt der Geschichte. In den 70ern löste ich mich gleich anderen aus dem ideologischen Korsett, das die Wirklichkeit in der DDR, das Denken prägte, und wurde in der Folge selbst zum *Subjekt*, nicht zuletzt in den Augen der *Staatssicherheit*. Und je offensichtlicher das ganze Gefüge erodierte, desto intensiver nahmen wir in Anspruch, was im politischen Kontext Selbstermächtigung genannt wird. Das zeitigte auch psychologische Folgen, es war, als befände man sich in einem Intensivkurs *Selbsterfahrung*. Unter diesen Bedingungen stellten sich mir neben künstlerischen und politischen auch persönliche Fragen. In der Erosion von Anschauungen öffneten sich andere Fenster: auf das, was ich vorstellte, man in mir zu sehen glaubte, und das doch nicht länger das eigene Selbstverständnis widerzuspiegeln vermochte. War alles falsch gewesen, das Leben im falschen Körper etwa, im Versuch, ihm zu entsprechen? Ein Leben im falschen Körper wie in der falschen Geschichte. Verleugnen würde ich dies *Vorleben* nicht, es nicht verwerfen, samt den selbstbestimmten Momenten, dessen war ich mir nach meiner Entscheidung im Sommer 89 sicher.

Yael Inokai

Coming Out – Inviting In: Violette Leduc

In ihrem Roman *Thérèse et Isabelle* schildert Violette Leduc die sexuelle Beziehung zweier Internatsschülerinnen. In einer hermetischen Welt werden ihre beiden Körper zu einer Zuflucht füreinander.

Ursprünglich als erster Teil des Romans *Ravages* gedacht, welcher 1954 erschien, fiel *Thérèse et Isabelle* der Zensur zum Opfer. *Ravages* sollte von drei prägenden Liebschaften erzählen, eng an Leducs eigenem Leben entlang. Nach Auseinandersetzungen mit Verleger Gallimard erschien das Buch schließlich ohne Thérèse und Isabelle. Leduc stürzte das in eine tiefe Depression. Der Roman war ein durchschnittlicher Erfolg, die von Simone de Beauvoir geförderte Autorin schaffte den erhofften Durchbruch nicht. Dieser kam 1964 mit der Autobiografie *La Bâtarde* und ebnete den Weg für eine Veröffentlichung von *Thérèse et Isabelle*, wiederum allerdings in einer zensierten Version. Erst 2000, achtundzwanzig Jahre nach Leducs Tod, erschien das Buch in seiner ursprünglichen unzensierten Fassung.

Liest man die beiden Bücher in der Reihenfolge, in welcher sie geschrieben wurden, so stößt man auf eine interessante Dopplung, die sich mir als eine Form von literarischem Coming Out erzählt.

Thérèse et Isabelle beginnt in einem Schuhputzraum, wo sich unsere Protagonistinnen einfinden müssen; eine Auseinandersetzung der beiden mündet wenig später im ersten Sex. In *La Bâtarde* eröffnet sich nach Kindheits- und Jugenderinnerungen dieselbe Szene, teils im Wortlaut. Nur dass es Thérèse hier nicht gibt; es ist Violette, die an ihrer Stelle eine erste gemeinsame Nacht mit Isabelle erfährt. Frei von Scham und lähmenden Gedanken löst sich die Erzählerin in der Lust geradezu auf.

Die sexuelle Beziehung der beiden Internatsschülerinnen wird als Episode aus dem Leben Violette Leducs erzählt, später folgen andere Liebhaberinnen und Partnerinnen; das Fiebertraumartige von *Thérèse und Isabelle* löst sich in dieser verkürzten und eingebetteten, autobiografischen Fassung fast vollständig auf. Es ist nicht einfach zu erfahren, wie es Leduc mit ihrem Coming Out tatsächlich erging. Ein paar Hinweise liefert *La Bâtarde*: Leduc lebte offen bisexuell, wurde von ihrer Mutter im Führen der lesbischen Beziehungen unterstützt, da diese hoffte, dass es die Tochter vor einer unehelichen Schwangerschaft bewahren würde. Vielleicht könnte ich als Leserin in *Ravages* mehr darüber erfahren, allerdings ist das Buch bis heute nicht in deutscher Übersetzung erhältlich, so wie es überhaupt teilweise schwierig ist, an Leducs Werke zu kommen; manche Bücher sind vergriffen, andere nie übersetzt

Yael Inokai

worden. Leduc war eine Autorin, die den Feminismus lebte; sie hatte aufgrund ihrer Herkunft und ihres prekären Lebens nicht den Luxus, in die Theorie zu flüchten. Für mich macht das ihr Werk und das darin enthaltene Coming Out umso kostbarer; rar sind ähnliche Texte aus Leducs Zeit von Frauen aus der Arbeiterklasse. Während Jean Genet und Simone de Beauvoir kanonisiert sind, ist Leduc bis heute nur einem kleinen Kreis an Leser·innen bekannt. Diese tragen den Schatz weiter; so fand ich erst kürzlich in der Lektüre von Pirkko Saisios erstmalig ins Deutsche übersetzter Trilogie über ihr Leben als lesbische Frau und Künstlerin aus der Arbeiterklasse im Finnland der frühen 1970er Jahre folgende Szene: Pirkko, die ihre Sexualität anzuerkennen und auszuleben beginnt, wird von einer Liebhaberin ein Buch nahegelegt: *Thérèse et Isabelle* von Violette Leduc. Es fungiert als Erkennungsmerkmal, als ein gemeinsam gehütetes Wissen, das von Hand zu Hand gereicht wird.

Lisa Jay Jeschke

Links liegen gelassen

Ihr wurde die Zeit gestohlen und –

Woa! Jahrhunderte, da drüben, keine Autos und –

Gestern, ein Abschied, und wo –

Hey! Alles, einfach alles ist jetzt lila –

Kein·e Arbeitgeber·in, keine Blume, kein Kosmos der BRD wird dir diese Zeit erstatten –

Oh! Wollen wir eine Runde gehen, nein, wandeln, promenieren, sprudeln, einmal rund herum um diese Tartanbahn, zu der der Zugang offen steht –

Je öfter ich sage, ihr wurde die Zeit gestohlen, desto weiter in die Vergangenheit rückt diese Zeit, obwohl ich das Gefühl habe, die Beschwörung der Tatsache, dass ihr die Zeit gestohlen wurde, könnte diese zurückbringen –

Uh! Kleidungsstücke am Wegesrand, von denen wir nicht zu träumen wagten, für alle, und zum ersten Mal konnten wir anziehen, was wir wollten –

Eigentlich wollte ich mehr davon erzählen, wie es war, konnte das aber nicht, aber nicht aus den Gründen, von denen du denkst oder ich denke –

Wow! Lila wird zu Türkis wird zu Orange wird zu Rosa wird zu Lila und niemand wollte wissen, wer ich war –

Odile Kennel

Aus drei mach eins

Eine sehr persönliche Betrachtung des Schrankes im Wandel der Zeiten

Mein erstes Coming Out begann mit 16, als ich in der Dusche nach dem Schulsport die schwedische Austauschschülerin anziehend fand. Ich verließ die Umkleide, überrascht und stolz: „Ich finde eine Frau attraktiv." Lesben kannte ich keine, fragte mich aber, ob die Mädchen aus meiner Klasse, die Hand in Hand herumliefen, Freundinnen waren oder Freundinnen. Dass ein Ohrring am Ohr eines Jungen ein Beweis seines Schwulseins sein sollte, erschien mir fragwürdig, ebenso wie Sockenfarbe als Marker für Sexualität. Dennoch dauerte es weitere sieben Jahre, bis ich mich als lesbisch bezeichnete. „Lesben sind keine Frauen", schreibt Monique Wittig, und das passte mir gut. Dazwischen war ich anorexisch gewesen, hatte einen ersten Freund, ließ mir die Haare wachsen. Schnitt sie wieder ab. Verliebte mich in eine Frau.

Mein zweites Coming Out fand weit weg von Europa statt und hatte mit Fremdheit zu tun, damit, in der westdeutschen Provinz der 70er-Jahre in einer deutsch-französischen Familie aufgewachsen zu sein. Hatte mit Familiengeschichte zu tun, mit Muttergeschichte, Kindheitssprache und Körper, mit Geschichte mit großem H. Ins Lesbischsein war ich irgendwie gerutscht, der Weg zu diesem Teil meiner Person war holpriger, schmerzhaft. Kann man den Begriff Coming Out ausweiten?

Mein drittes Coming Out war für mich das komplizierteste. „Bisexuell" heißt zum Feind überlaufen, Verrat. An dem Tag, an dem mir klar wurde, dass bisexuell auch teilheterosexuell heißt, war ich so verstört, dass ich den Vor- und Nachnamen eines guten Freundes verwechselte. Und sonst? Ich bin nicht mehr lesbisch, aber manchmal schon noch, sogar wenn ich Sex mit einem (cis hetero) Mann habe. Man legt 30 Jahre sexuelle Sozialisation nicht einfach ab. Ich bin immer noch queer, bin ich immer noch queer? Ich bin gesellschaftlich betrachtet eine Frau, die, bis sie 50 war, mit ihrem geschlechtlichen Körper gehadert hat. Kann man mit 50 noch cis werden? Was ist Sex und was ist Körper? Wo geht es hier bitte rein, wo geht es raus? Am besten, ich schmeiße das Möbelstück gleich ganz aus dem Fenster.

Stephan Lohse

Fichte im Pelz

Stephan Lohse

Als Jäcki ’43 nach Hamburg kommt, ist die Binnenalster getarnt. Mit einer Stadtattrappe, keinen halben Meter hoch. Ein Schreckmuster: Straßen, Fleete, Dächer, Höfe. Die Lombardsbrücke ist der Jungfernstieg, ein zusammengeschusterter Steg auf der Außenalster die Lombardsbrücke. Alles, um Air Marshal Harris zu täuschen. Doch der lässt sich nicht täuschen. Er ist auf die Arbeiterviertel im Osten aus, dort sind die Treppenhäuser aus Holz, dort wird ein Brand zum Sturm, der alles hinwegfegt, gerüchtehalber auch meine Großmutter, den zehnjährigen Onkel an der Hand. Als Jäcki gut 25 Jahre später ins Palais d’Amour kommt, um dort die Frauen zu befragen und Wolli, den Indienfahrer, trägt er gerüchtehalber einen bodenlangen Pelzmantel. Eine Felltarnung, ebenfalls ein Schreckmuster. Er ist fifty-fifty, der Dichter Hans Henny Jahnn hat es im Urin gelesen, ist mit seiner Fotografin verheiratet und zugleich eine Tunte, ein Lauwarmer, ein Huchnein, ein Arschficker, ein Schwuler und ein Ehemann, immer beides, beides ganz und gar. Seine Tarnung ist schrill, schief und falsch, eine theatralische Gebärde, das Ergebnis lebenslanger Selbstdressur. Und natürlich verlogen. Doch eines lügt er nicht: Authentizität. Er wird zu dem, was er imitiert, wird zu Hubert, zu Detlef, zu

Jäcki, und für einen zärtlichen Augenblick verwandelt sich, während er im Mantel thront wie kein Zweiter und fragt und fragt und fragt, das Mörderische in Grazie, mit den Schnitten des Ethnologen die Schnitte des Folterers durchkreuzend. Er lässt die Widersprüche unwidersprochen, lässt Unverbundenes unverbunden und peilt mit tausend Übertreibungen eine Wahrheit an, die so schön schillert wie das goldene Cover der Erstausgabe der *Palette* im Bücherregal meines Vaters. Seine Mutter, meine Großmutter, ist den Gerüchten zum Trotz am Bahnhof Moisling bei Lübeck wieder aufgetaucht, den zehnjährigen Onkel an der Hand, in der anderen den Haustürschlüssel zum nicht mehr existierenden Haus, vom Sturm hinweggefegt, zu rotem Staub zerfallen.

Daria Kinga Majewski

Sich outen – andere einladen … in die Leere

Coming Out,
ein Wort,
eine Idee,
Freiheit,
Ideologie,
Empowerment,
Angst,
Einsamkeit,
Zugehörigkeit,
Kampf,
Stolz.

Ein Wort, über das ich jedes Mal stolpere.

Ich stolpere, doch ich stürze nicht.

Ich selbst hatte einige Coming Outs: als polnisch, als deutsch, als gay, als androgyn, als Frau, als bisexuell, als Autorin, als Person mit posttraumatischer Belastungsstörung und sogar als monogam. Ich stolpere beim Hören wie beim Sprechen über das Wort

Co----ming---Out,

weil es sich nie richtig angefühlt hat. Kein einziges meiner Coming Outs fühlte sich an, als würde ich der Welt meine innere Wahrheit präsentieren. In mir gibt's keine Wahrheit. In mir bin nur ich,

die ich bin.

Diese chaotische Mischung aus Selbst. Wie soll ich das in die Welt hinaustragen? Eine Welt, die gleichzeitig von mir fordert, nichts Unerwartetes zu sein, aber auch klare Antworten von mir erwartet, sobald ich den Erwartungen nicht gerecht werde.

Die Antworten, die ich in mir selbst fand, waren nie Belege irgendeiner Wahrheit, die ich der Welt zu zeigen bereit war. Parzival, der den Heiligen Gral findet: Seht nur, welche Schönheit ich gefunden habe … in mir selbst. Die heilige, nie endende Wahrheit.

Nein.

Meine Coming Outs fühlten sich eher an, als würde ich in einem dunklen Ozean unter wolkenverhangenem Himmel schwimmen. Plötzlich verschwanden die Wolken und enthüllten die wunderschöne Landschaft funkelnder Sterne über mir – die mir die Richtung wiesen. Ich folgte den Sternen, ohne zu wissen, in welche Länder sie mich führen würden. Und strandete an den Küsten von Trans-migrantisch-und-so-weiter-Land.

Aber sich als etwas völlig Unerwartetes zu outen, sich als nicht in die Norm passend zu outen, fühlte sich irgendwie ... gut an. Es nahm mir das Gefühl, einfach nicht reinzupassen, und gab mir ein Konzept meiner selbst, ein Versprechen, zu sein – einen Platz und eine Zukunft in der Welt zu haben.

In einer Welt, die alle, die sie bewohnen, schlecht behandelt. Von Pflanzen über Tiere zu Menschen werden alle Lebewesen begrenzt. Nicht von ihrer eigenen Existenz, sondern den Grenzen, die wir als Menschen für jedes Wesen geschaffen haben.

Andere einladen – das hat sich für mich nie reizvoll angefühlt. Weil ich nie verstanden habe, wohin ich die Leute einladen soll. In die Leere, die nach der ganzen Gewalt geblieben ist? Oder in die Schönheit, um deren Überleben ich wie eine Löwin gekämpft habe?

Man redet immer davon, sich mit einem Geschlecht oder einer Sexualität zu „identifizieren". Das klingt gleich nach einem ganzen Lifestyle oder einem Lebenskonzept. Als würde das reine Erleben von Geschlecht und Anziehung ein Leben erfüllen. Aber:

Normalerweise wache ich morgens nicht auf und identifiziere mich als Frau oder als bisexuell. Meistens wache ich auf und frage mich, warum niemand bei mir ist, um mir Kaffee zu machen ... oder ich muss einfach nur kacken.

(Aus dem Englischen von Anna Kuntze)

Antje Rávik Strubel

Kleines Leuchten

Queere Geschichten erzählte ich schon 2001 in meinen ersten beiden Romanen. Damals gab es den Begriff der Queerness im Deutschen so nicht. Auch von genderfluid, non-binär oder pansexuell war nicht die Rede. Man sagte schwul, lesbisch, transsexuell. Wenn man überhaupt etwas sagte. Über die lesbische Liebe in meinen Büchern wurde vor 23 Jahren geschwiegen. So ein Schmuddel-Thema war der hohen Literatur unwürdig. Es entsprach nicht dem, woran Leserin und Leser gewöhnt waren (von Leser·innen war ebenfalls noch nicht die Rede). Ich fand mich damals subversiv. War so, unmarkiert, nicht eine queere Liebe unangekündigt auch auf den Nachttisch jener zu schmuggeln, die ein solches Buch sonst nie in die Hand genommen hätten? Und war nicht ohnehin von einer allgemeinmenschlichen Regung die Rede, für alle verständlich, die sie am eigenen Leib schon einmal gespürt oder ersehnt hatten, unabhängig von der Art des Begehrens, vom Geschlecht? Und das kleine Leuchten zwischen den Zeilen, das die Worte untergründig auflud? Sagte das nicht immer noch etwas mehr? Erzählte Carson McCullers nicht so? Stießen Djuna Barnes und Gertrude Stein nicht so in neue poetische Landschaften vor? Literatur ist kein Kuschelrock. Beim Lesen findet immer auch ein Übersetzen statt. Noch 2016 ging ich freundlich darüber hinweg, als ein Radiomoderator mit den besten Absichten eine meiner Figuren als „Zwitter" bezeichnete; er gab sich Mühe mit dem Übersetzen. Einem namhaften Übersetzer aus dem Englischen, der etwa zur gleichen Zeit in übler Überheblichkeit öffentlich auf einer Bühne sagte, er habe keine Ahnung, was ein Tomboy sei, er kenne nur Tomcats, verzieh ich nicht.

Literarisch drängt es mich, Kategorien zu entkommen, ob es sich nun um Fremd- oder Selbstzuschreibungen handelt. Gender, Osten, Alter – Labels wie diese begrenzen, lassen Tiefe flach erscheinen, werfen wie fahles Licht keine Schatten. Das Suggestive, das Ahnungsvoll-Oszillierende, das Insgeheime erst macht das Widersprüchliche in uns allen sichtbar, verankert uns im Wirklichen. Die Wirklichkeit, die erfahrbar ist durch den Widerstand, den sie uns entgegenbringt. Markierungen von Geschlecht werden konventionell geregelt und deshalb nicht holterdipolter überwunden. Sie lassen sich bestenfalls zersetzen durch Verunsicherung und Irritation, durch Verwischen und Übereinanderlagern, durch Übertreibung und überkreuzte Zitate, wodurch ihr Gemachtsein zum Vorschein kommt. Doch der Spielwille, scheint mir, ist etwas verloren gegangen. Die Codierung von Kleidung, Gestik oder Wortwahl, nur für Eingeweihte lesbar, das Rätselhafte, Geheimnisvolle, nicht sofort Entschlüsselbare hat an Reiz eingebüßt. Unser Einhausen in Begrifflichkeiten bringt einen großen Anspielungsreichtum zum Verschwinden. Zuweilen stimmt mich das melancholisch. Und ich frage mich, ob die Zahl derjenigen, die unsere Geschichten lesen, seither zu- oder eher abgenommen hat.

Antje Rávik Strubel und Jayne-Ann Igel auf dem Festival-Podium

Jayrôme C. Robinet

Coming Out oder Coming In

Trans Menschen schreiben keine Fiktion. So ist es lange gewesen. Als wären wir die einzigen Überlebenden eines Flugzeugabsturzes, wollten die Leute nur unsere Augenzeugenberichte lesen. Sie wollten Memoirs. Lange Zeit schrieben trans Menschen also nur Memoirs. Lesende schauen eben gern durchs Schlüsselloch.

In Deutschland gilt ein Memoir als Non-Fiction, als Sachbuch. Ich habe ein autofiktionales Memoir geschrieben. Das war also Non-Fiction-Autofiktion. Non-Fiction-Fiction. Da haben wir ein Genre-Problem.

Das moderne westliche trans Memoir wurde von Christine Jorgensen erfunden. Jorgensen veröffentlichte *A Personal Autobiography* im Jahr 1967, obwohl sie bereits in den Fünfzigern mit ihrer Transition begonnen hatte. Wir begleiten sie Ende der Vierzigerjahre beim Stöbern in einer kleinen Bibliothek, die nach Staub und alten Büchern riecht. Kein Internet, keine trans Community.

Und da findet sie ein Buch mit dem Titel *The Male Hormone*. Dieses Buch schien eine Erklärung für das zu bieten, was sie als ihr „Problem" bezeichnete. Endokrinologie war damals noch eine relativ junge Wissenschaft, doch Jorgensen beschloss, kein Testosteron zu nehmen, um männlicher zu werden, wozu das Buch ihr riet. Auch entschied sie sich gegen die schwule Subkultur, die sich nach dem Zweiten Weltkrieg ausbildete und die sie während und nach ihrem Dienst in der Army entdeckte. Christine Jorgensens Transitionsgeschichte ist von dem Bedürfnis geprägt, ihre Genderidentität unter Beweis zu stellen.

Während Christine Jorgensen für ihre geschlechtsangleichende Operation nach Dänemark ging und Lili Elbe – bekannt durch den Film *The Danish Girl* – nach Deutschland, ging Jan Morris nach Marokko. Das verrät uns auf geschichtlicher Ebene, wo zu welcher Zeit welches Wissen über die medizinische Behandlung von trans Menschen vorherrschte.

Aber es verrät uns auch etwas über Klasse. Wer konnte reisen? Wer hatte Zugang zu einer medizinischen Transition? Und damit erfahren wir auch etwas darüber, welche Gesellschaftsschicht das Narrativ der Geschlechtsangleichung mit ihren Lebenserinnerungen geprägt hat.

Jayrôme C. Robinet

Kate Bornstein hat das Genre 1994 mit dem Buch *Gender Outlaw* radikal neu gestaltet. Seitdem ist zu beobachten, wie sich das Genre vom aufgezwungenen Behandlungsnarrativ des zwanzigsten Jahrhunderts entfernt. Bornstein vermischt dabei auf spielerische Art Memoir und Gendertheorie. Sie popularisiert die Vorstellung, dass Gender nicht binär ist.

Unterdessen hat sich auch die trans Erfahrung selbst verändert. In Transitionserzählungen verschiebt sich der Fokus. Mit Jamison Greens *Becoming a Visible Man* von 2004 und Janet Mocks *Redefining Realness* von 2014 tauchen Autor·innen mit einer intersektionalen Perspektive auf. Sie stellen ihre Geschichten in den größeren Erzählrahmen eines Kampfes für Menschenrechte.

Und heute können wir statt von einem Coming Out von einem Coming In sprechen. Dem Coming In in eine Community.

(Aus dem Englischen von Anna-Nina Kroll)

ariel rosé

Zuerst habe ich mich als Fisch geoutet

Zuerst habe ich mich als Fisch geoutet. Meine Eltern wussten nicht recht, was sie mit mir anfangen sollten, obwohl mein Vater auch eine Art Fisch ist. Aber bei mir war es anders, ich war noch fischiger. Als der Vater meiner Mutter mich direkt nach der Geburt im Krankenhaus gesehen hat, soll er gesagt haben: Jesus Maria Fisch. Als Sohn eines katholischen Priesters (der gar keine Kinder bekommen darf), sei ihm das vergeben. Ich habe Jahre gebraucht, um zu verstehen, dass ich der Enkel eines katholischen Priesters bin – und wir wissen noch nicht einmal, wer dieser Herr war. Aber ich habe mich nicht als Enkel eines katholischen Priesters geoutet, das ist einfach so passiert. Nur: Was tun mit einem Fisch?, fragten sich meine Eltern. Wie sollen wir ihn nennen? Mein Vater wünschte sich Francis, nach St. Franziskus, was eigentlich ganz schön ist, weil St. Franziskus ein Hippie war und draußen in einer offenen Beziehung mit Vögeln und anderen Tieren gelebt hat. Allerdings sah ich nicht wie ein zukünftiger Heiliger aus, und meine Mutter war dagegen. Meine Mutter wollte mich lieber nach meiner Urgroßmutter Aniela benennen, die quasi die erste Feministin war; sie unterrichtete sechs Sprachen, die sie sich selbst beigebracht hatte, veröffentlichte Gedichte und übersetzte in ihrer Freizeit Goethe. Aber sie war auch eine glühende Katholikin und ihr Name bedeutet Engel, und wie so einer sah ich auch nicht aus. Was auch immer sie sich schließlich ausgedacht haben, musste ich ändern, und so habe ich mich als ariel geoutet. Das fühlte sich einfach richtig an. Das letzte Buch von Sylvia Plath zu sein, mit Leidenschaft verfasst, ein Gedicht nach dem anderen, jeden Tag, bis ganz zum Ende, ohne einen Gedanken daran, wer es einmal lesen würde. Oder der Luftgeist zu sein, den Prospero für künstlerische Aufträge auf seiner Insel anstellt. Oder Gottes Löwe zu sein, wie die hebräische Version besagt. Als Löwe habe ich mich nicht geoutet, aber ich strebe manchmal danach zu brüllen.

Später, nachdem ich mit vier zum ersten Mal von Zuhause weggelaufen war, habe ich mich als Nomad·in geoutet. Es war aufregend. Ich sah das Gebäude der Tierklinik, in dem Vater und Mutter meiner Mutter als Tierärzt·innen arbeiteten, und lief daran vorbei, marschierte völlig frei weiter die Straße entlang, bis ein Militärpolizist mich aufhielt (im Kommunismus hatten wir keine normalen Polizisten) und wieder nach Hause schickte. Aber das hielt mich nicht davon ab, mein Ziel weiter zu verfolgen, und ich wiederholte das Ganze mehrmals, bis ich schließlich endgültig davonlief, und ich laufe immer noch. Die Leute fragen mich: Und wo wohnst du? Und ich sage: Nirgendwo. Ach,

Norwegen!, rufen sie dann. Und: Nein, aus Norwegen bin ich vor zwei Jahren weggezogen. Ich meine nirgendwo. Aber wo ist dann dein Wohnsitz? Sie geben nicht auf. Heimischen zu erklären, dass man kein Heim hat, ist schwer. Dass meine Sachen in Europa verstreut sind, ein Teil meiner Bibliothek geduldig in Schließfächern der Universität Helsinki auf mich wartet, ein Teil in verschiedenen Wohnungen in Oslo, ein Teil in Krakau und Warschau. Ich hinterlasse Bücher, als würde ich mich häuten oder mausern. Ich bin wie diese Pflanze, die Tillandsie, die keine Wurzeln hat. Die habe ich mal entdeckt, als ich einem·einer Freund·in einen Blumenstrauß kaufen wollte. In einer Reihe lagen diese Sukkulenten auf dem Tresen wie ausgestellte Juwelen. Und es waren auch Juwelen. Was ist das?, rief ich und sah die Floristin an. Oplątwa, antwortete sie auf Polnisch, weil ich im Zentrum von Warschau war. Der Name sagte mir nichts, aber er klang wie eine Qualle. Später, zu Hause, habe ich sie gegoogelt. Tillandsia: Carl Linnaeus hat sie nach einem schwedisch-finnischen Doktor namens Elias Tillandz benannt. Er war gebürtiger Schwede, arbeitete aber in Finnland. Man könnte meinen, das wäre dasselbe, ist es aber nicht. Ich bin da und dort gewesen und kenne den Unterschied. Interessanterweise gibt es im schwedischen Wikipedia keinen Eintrag zu ihm, nur im finnischen. Aber zurück zur Pflanze. Besonders bezaubernd an ihr ist, dass sie zwittrige Blüten hat, keine Wurzeln und von Luft und Sonne lebt. Man muss sie einmal im Monat kurz baden. Das Einzige, womit ich mich nicht identifizieren konnte, war der geringe Bedarf an Wasser. Was das anging, war ich ein Fisch. Aber sie passte in meine Tasche, und so hatte ich von da an eine Begleitung in meinem Nomadentum.

Später habe ich mich als Poet·in geoutet. Das wollte ich gar nicht. Es ist einfach passiert. Ich war jung; fragt mich nicht, wann ich mich in Buchstaben verliebte, dann Wörter und dann – noch viel aufregender – die Abfolge von Wörtern und Enjambements, aber so habe ich das damals nicht genannt. Ich habe es wohl gar nicht benannt und die Zeile einfach *gebrochen*, wenn es sich richtig anfühlte. Um sie kürzer aussehen zu lassen. Es war ein Akt der Zärtlichkeit und Fürsorge. Als würde man mit Wörtern Lego spielen. Tatsächlich habe ich von Lego immer geträumt, aber im kommunistischen Polen durfte man kein Lego haben. Das war ein böses Produkt aus dem bösen Westen. Aber wir hatten in Polen verbotene Läden namens Pewe**x** – das **x** musste sein, damit der Name e**x**otisch klang. Das verbotene Lego konnte mit verbotenen Dollars erworben werden. Wo bekam man verbotene Dollars her? Na, vom Schwarzmarkt natürlich. Also habe ich davon geträumt, Lego zu besitzen, aber wir hatten keine verbotenen Dollars, bis ich eines Tages, nachdem ich endlose Monate im Krankenhaus verbracht hatte, wo sie sich bemühten, mich von einer Nierenkrankheit zu heilen, wo ich mich zu Tode langweilte und unglaubliche Mengen an Büchern las und begann, fleißig Englisch zu lernen, mit einem witzigen Buch mit Bildern und so, entlassen wurde und nach Hause kam und von einem großen Legokarton erwartet wurde. Ich war kurz davor, in Freudentränen auszubrechen, bis mir auffiel, dass es ... ein Krankenhaus war. Ein weißes Legokrankenhaus mit kleinen weißen Krankenschwester- und Doktorfiguren und Bahren und Spritzen. Im Pewex gab es kein anderes Lego, sagten meine Eltern. Und ich versuchte, so breit wie möglich zu lächeln, und baute immer und immer wieder das Krankenhaus auf, als würde ich mein Trauma erneut durchleben oder auf eine sehr merkwürdige griechische Art Katharsis erfahren.

Festivalimpression von Noëlle Kröger

Später habe ich mich als Leser·in geoutet. Ziemlich schnell wurde ich süchtig, und davon gibt es keine Heilung. Wenn ich nicht jeden Tag meine Dosis bekomme, wenigstens eine kleine, drehe ich durch. Lesen ist eine Art, lebendig zu sein. Als würde man gleichzeitig existieren und sich von der Existenz verabschieden. Man befindet sich auf eine wunderbare Art im Schwebezustand. Und lernt unnötige Dinge und Fakten. Wie zum Beispiel über Carl Linnaeus, der sich in diese winzige Blume verliebte, die oben im Norden in Lappland wächst, und sie nach sich selbst Linnaea borealis nannte. Sie sieht wie eine Waage aus, mit zwei kleinen rosa Glocken an beiden Armen. Linnaeus war sich sicher, dass seine Taxonomie der Pflanzen und Tiere in Spezies und Gattung zum schwedischen Exportprodukt und Schweden schließlich zur Weltmacht werden würde. Als Poet·in fühlte ich mich mit Linnaeus seelenverwandt. Seine Begeisterung für Botanik und seine romantische Sicht auf das Leben liegen meinem idealistischen Herzen sehr nah. Schon immer habe ich geglaubt, dass Lyrik das beste Exportgut meines Landes ist und es damit reich werden sollte (bei dem Teil mit der Weltmacht bin ich mir allerdings nicht so sicher). Und in dieser Faszination liegt ein algorithmischer Drang, die Realität in Systemen zu ordnen. Ähnlich wie bei Wörtern und Ausdrücken im grammatischen Raster.

Ich wurde wohl queer geboren, aber was bedeutet das? Ist es queer, auf den Mond zu fliegen? Ich warte noch auf die Schlagzeilen: Erste queere Person auf dem Mond! Die eine queere Flagge in einen Mondkrater rammt. Ich werde es nicht sein. Ich brauche Wasser. Immer wieder oute ich mich und lade andere ein. Irgendwann werde ich mich als Wasser outen. Das Wasser des Ozeans. Salzig, unberechenbar und frei.

(Aus dem Englischen von Anna Kuntze)

Nataša Velikonja

Queerer Aktivismus und Coming Out

In den frühen Neunzigerjahren habe ich angefangen, mich als lesbische Aktivistin zu engagieren, aber vorher schon lesbische Lyrik veröffentlicht. Mein LGBT-Aktivismus begann also mit Literatur und weitete sich kurze Zeit später auch auf andere aktivistische Aktivitäten aus; damals war die organisierte LGBT-Bewegung in Slowenien noch relativ jung – gegründet wurde sie 1984 –, und es gab jede Menge zu tun in Sachen Infrastruktur, Politik, Gesellschaft und Kultur.

Eine Besonderheit der slowenischen LGBT-Bewegung ist, dass sie als Kulturprojekt gegründet wurde: Die erste öffentliche aktivistische Veranstaltung war 1984 das mehrtägige *Magnus Festival*, das den Untertitel „Homosexualität und Kultur" trug und auf dem vor allem LGBT-Kulturprodukte wie Bücher, Filme und Zeitschriften, aber auch Theorien usw. vorgestellt wurden. Später entstanden innerhalb der Bewegung zwei spezialisierte Buchverlage, ŠKUC Lambda im Jahr 1990 und ŠKUC Vizibilija im Jahr 1998, die eine lebhafte LGBT-Literaturproduktion ermöglichten – mehr als 220 literarische Werke in 35 Jahren, darunter fast meine gesamte Lyriksammlung. Für mich sind Aktivismus und Literatur untrennbar miteinander verbunden.

Kunst ist immer „aktivistisch", denn sie ist unweigerlich mit der Realität verflochten, in der sie entsteht, und meist auch mit dem Wunsch nach gesellschaftlichem Wandel. Heutzutage wird solche Literatur oft „engagierte Literatur" oder „Sozialpoesie" genannt und der Begriff meist verwendet, um Literatur aus sozialen Randbereichen zu bezeichnen, darunter auch LGBT-Literatur, oft mit verächtlichem Unterton, denn dieses politische Engagement mindert angeblich den literarischen Wert. Natürlich glaube ich nicht, dass das zutrifft, sondern drehe an dieser Stelle das Argument um und wiederhole: Jede Kunst ist untrennbar mit der Realität verbunden, aber LGBT-Kunst übt schärfere Kritik, und das erschüttert den gesellschaftlichen Status quo.

Da wir alle in einer homophoben Atmosphäre leben und arbeiten, ist das wohl ein Thema, das alle LGBT-Autor·innen gemein haben und das oft den Kern unserer Erzählungen ausmacht. Ich spreche da nicht nur von den Hindernissen innerhalb des Literaturbetriebs oder des größeren Gesellschaftssystems, in dem wir uns als LGBT-Autor·innen in Slowenien den Platz für unsere Kreativität erkämpfen mussten. Ich spreche auch von spezifischen Ausdrucksweisen innerhalb der Literatur, von der autobiografischen Lyrik bis hin zu innovativen literarischen Formen. Ich hoffe, das wird sich im Laufe der Zeit nicht abnutzen; ich hoffe, dass LGBT-Kunst insgesamt ihren thematisch und stilistisch revolutionären Charakter behält.

(Aus dem Englischen von Anna-Nina Kroll)

Aurélie Maurin

Im Juniversum von Elke Erb

Das vorliegende Dossier versammelt Stimmen zum übersetzerischen Werk der am 22. Januar 2024 verstorbenen Dichterin Elke Erb.

Elke Erb war vieles – auch eine unermüdliche Übersetzerin. Ihre Übertragungen, vor allem aus dem russischsprachigen Kosmos (Gedichte von Marina Zwetajewa, Boris Pasternak, Alexander Puschkin, Oleg Jurjew) sowie aus dem Belarusischen (Ales Rasanau), haben Maßstäbe gesetzt. Überdies hat Elke Erb auf der Grundlage von Interlinearübersetzungen auch aus ihr wenig geläufigen Sprachen übersetzt: etwa das georgische Versepos *Wis und Ramin* oder Lyrik der Deutschamerikanerin Rosmarie Waldrop.

Ein Ausgangspunkt für diese Sammlung war Elke Erbs „Zum Thema Nachdichten" – ein 1990 als Vortrag im Literarischen Colloquium Berlin gehaltener, 1994 überarbeiteter Gedicht-Essay[1]. Dieser gattungsübergreifende Text, der vielleicht „gelungenste Fall der beschreibenden Annäherung an Übersetzungsprozesse" (Theresia Prammer), versammelt jahrzehntelange Selbstbeobachtungen beim Übersetzen und unterzieht diese einer kritischen Reflexion. Der vielschichtige Erfahrungsbericht offenbart, wie fließend die Grenzen zwischen Nachdichten, Übersetzen und Dichten für Elke Erb waren, wie kompromisslos jedoch auch die Haltung der in der DDR sozialisierten, oft zusammen mit Kolleg·innen übersetzenden Wortarbeiterin.

Ihr beeindruckendes „Wortethos", wie Ilma Rakusa in ihrer Laudatio auf Elke Erb als Übersetzungskünstlerin hervorhebt, galt nicht nur für das eigene Handwerk, es galt auch für die Mitarbeit an den Werken anderer. Für Gespräche mit ihren Übersetzer·innen hatte sie eine schier unerschöpfliche Ausdauer, eine nie nachlassende Hingabe und Aufmerksamkeit, als freigiebige Senderin und Empfängerin von Vorschlägen und Kommentaren.

Weggefährt·innen und Übersetzer·innen erinnern hier aus nächster Nähe an diese Zusammenarbeit und weisen Wege in Elke Erbs poetisches Universum, erweitert um internationale Blicke und Einblicke.

---

[1] Abgedruckt in: *Der wilde Forst, der tiefe Wald. Auskünfte in Prosa,* Göttingen, 1995.

Die Textsammlung basiert auf dem internationalen Treffen von Lyrikübersetzer·innen JUNIVERS, zu dem das TOLEDO-Programm jeden Juni ins LCB lädt. JUNIVERS legte im Juni 2023 einen Schwerpunkt auf Elke Erbs Übersetzungspoetik und initiierte einen Austausch zwischen ihren Übersetzer·innen, der sich in Form von Werkstätten und Veranstaltungen fortsetzte. So entstand eine gemeinschaftliche Erkundung von Funden und Herausforderungen in den jeweiligen Literatursprachen, die den mittlerweile weltweiten Resonanzraum von Elke Erbs Gedichten auslotet.

Vorab als Bonustrack noch eine herzliche Einladung zu einem Waldspaziergang mit Elke Erbs Übersetzer·innen. In verschiedenen Sprachwelten bringen sie uns das folgende Gedicht zu Gehör:

Vermutlich im März notiert:

Wenn der Hirsch aus dem Wald tritt – denk nicht, das ist nichts.
Oh, weißt Du, das ist das Leben.
(2012)

Elke Erb

Auszug aus: Zum Thema Nachdichten

eine erste Niederschrift nach zwanzig Jahren

Der originale Vers, auf den ich blicke,
ist gelöst in seiner Sprache, verschlossen vor meiner.

Dieses Gedicht da vor mir
soll ich / will ich schreiben – in meiner Sprache
so, wie es in seiner Sprache geschrieben ist,

und nicht: Ich soll es übersetzen-imitieren ...

Will ich dieses Gedicht schreiben, so hilft es mir,
daß es in seiner Sprache bereits geschrieben ist.

Die Aufgabe, dieses Gedicht zu schreiben,
ist in einer anderen Sprache bereits gelöst.

Das ist eine andere Situation als die,
ein ungeschriebenes Gedicht zu schreiben.

Ich habe die fremde Sprache in dem Gedicht verstanden
und bin weit in seine und meine eigene hineingegangen,
wenn ich es in meiner Sprache gelöst habe.

Die fremde Sprache führt mich zu dem Gedicht.

Und meine eigene Sprache führt mich zu dem Gedicht.

Die Sprache, in der das Gedicht geschrieben ist,
ist von ihm in eine eigene Sprache gebracht.

Diese eigene Sprache gibt mir das Gedicht.
Sie heißt Poetologie.*

Das Gedicht, gesehen als eine Figur im Vordergrund:
fixiert und aufgebaut aus Zeichen für Inhalte, für Gefühle,

* Diese Sprache ist keine Fremdsprache. Ihr begegnet ein ärgeres Unverständnis.

aus Silben, Geräuschen, Klängen,
aus Tonhöhen und -längen, aus Intonationen,
aus Rhythmen, aus Wendungen, bekannten und unbekannten,
aus Ähnlichkeiten mit solchen Kombinationen.

Keinesfalls kann ich es neu schreiben, wenn ich nicht
seine Vordergründe auf mich wirken lasse.

Was geschieht während dieser Wirkung?
Das Gedicht ruft in mir eine Figur hervor.

Es ist die Figur des Gedichts,

aber sie ist gebildet aus dem Stoff,
auf den sie in mir trifft.

Sagt das Gedicht *blaugrüngelb*,
ruft es eine andere Figur als bei *rotweißschwarz*.

Die gerufene Figur kann *rotweißschwarz* sein.
Was ist für mich *blaugrüngelb*?

Ich werde empfänglicher, aufmerksamer, spüre, spure:
Was ist für das Gedicht *blaugrüngelb?*

Die Figur, die das Gedicht in mir hervorruft,
ist bereits eine neue Figur.

Sie ist das Produkt des Lesens,
das Ergebnis einer Kommunikation.

Anders als beim Lesen sonst gilt sie für dich,
wenn du das Gedicht schreiben willst.

Das fremde Gedicht
ist nicht der eigene Grund, ein Gedicht zu schreiben.

Um eine eigene Grundlosigkeit herum
entsteht ein vielfädiges, vieldifferentes Geflecht
von Verbindlichkeit und Bindung zu dem fremden Gedicht.

Die eigene Grundlosigkeit – man könnte sie Freiheit nennen.

Elke Erb

Beweglich, veränderlich, angelegentlichst –
ein in- und extensiv behandeltes Nichts!

Ich dichte nach.
Der originale Vers ist zugleich verschlossen und gelöst.

Warum sage ich *Vers*, statt *Gedicht*?
Ich verhalte mich so. Durchaus nicht ideal.
(Das originale Gedicht als *Idee*).

Schon, daß ich sage *Vers*, nicht *Gedicht*,
bezeichnet präzis meine Art nachzudichten
im Vorteil wie im Nachteil.

Der Nachteil ist, daß ich
dem meiner Art entgegengesetzten Ideal nicht folgen kann.

Ich beschreibe das Ideal so:

Du nimmst ein Gedicht im Ganzen auf,
erkennst es ganzheitlich als ein lebendiges Wesen, du
empfängst das im Medium seiner Sprache existente
in dem Medium, das du selbst bist,

und schreibst es dann auf mit jenem Ich,
das es in dir, aus dir hervorgerufen hat,
als ob es dein eigenes sei.

Das Aufnehmen des fremden Gedichts endet,
wenn von euch beiden, von dir und dem Original, ein Ich
erzeugt worden ist, das das eigene Gedicht verfaßt.

Anders gesagt: Du bist eine ebensolche Ursache
des neuen Gedichts wie das schon geschriebene.

Zu diesem Ideal lassen sich verwandte,
nicht ganz so absolute Variationen denken.

Z.B. die gezielte Übersetzung (oder Nutzung) eines Gedichts,
die einen speziellen Reiz oder Sinn betrifft, den es für dich
in einer speziellen Prädestination, Stimmung, Erregung,
Entscheidungssituation ... hat.

Oder: Gewisse Angaben, Nennungen,
mit denen das Original ins Bild setzt, von denen aus
oder aufgrund derer es anhebt ...,

verwandelt man
in die analogen des eigenen Mediums
(Orts, Themas ...)
– Annexion?

Eine Berlinerin setzte vor meinen Augen überzeugend
Spree statt *Seine* ...

Sie hatte das Genie des Neulings, Unbefangenheit,
eine unersetzliche Tugend,

die leicht auf Nimmerwiedersehn verlorengeht,
wo sich der Bewanderte befaßt und verfangen hat.

Annexion ist eine Kategorie des Besitzens.
Sie trifft auf kreative Vorgänge nicht zu.

Überträgst du, was der Seine gehört, auf die Spree,
indem du die Namen austauschst, welche innovativen Effekte
kann gerade das nicht analog Übertragbare hervorrufen,

nur so kann ja im Ankunftsmedium hergestellt werden,
was überrascht in ihm!

Leider versäume ich solche Abenteuer,
und leider erfahren die von mir übertragenen Gedichte nicht
die Kultur solchen Belebens.

Stattdessen muß ich wohl immer wieder,
als könnte ich nicht bis drei zählen, begriffsstutzig
vor dem ersten Vers stehen wie die Kuh vorm neuen Tor.

Wenn ich mich nur zurückhielte, mich besänne und
mich darin übte, wenigstens jene *andere* erste zu erkennen,
jene wirklich erste Zeile, die die andern des Gedichts
angekündigt hat, hervorgerufen hat
aus Sinn und Ohr,

um mit *dieser* ersten Zeile zu beginnen!

Daß das möglich wäre, dessen versichert mich
der zurückgelegte Weg auf meiner unidealen Bahn,
das gerade dort (Vorteil!)
    bei diesem meinen perplexen
    (statt komplexen) Herangehen,
    bei diesem übersichtslosen, anhaltenden
    (statt bewegenden oder gar beflügelnden)
    Beginnen
ständig und prägnant erfahrene (ertrotzte, unverhoffte)
Ermöglichen.

Und wäre, die Initialzeile des Gedichts zu finden,
nicht auch nötig, fragt mich die Scham, als hätte ich
mich einem Text nicht nähern dürfen mit einer unterlassenen
Erkundung.

Aber es kam ja sogar vor,
daß ich das Gedicht nicht einmal durchlas, ehe ich anfing.

Nur in der Ratlosigkeit dann, der ausgebreiteten,
in die mich schon die erste Zeile bringt,

wenn die fruchtlose Mühe unerträglich wird,
fällt mein heimatlos suchender Blick
auch auf die anderen Verse ...

Ich fange also mit nahezu purer Unkenntnis an.
Ich setze diese Art von Unmittelbarkeit ein
wie den Spieleinsatz, das Anfangskapital.

So war es am Anfang und so ist es noch,

auch wenn ich nunmehr,
im Besitz der angereicherten Erfahrung mit diesem Metier,
um das Ganze herumgehen kann, abschätzend,

welche Verse sich wohl leicht ergeben, und
ein wenig herumspiele an ihnen, en passant,
bis ich mich bei ihnen dann ebenso verfange
wie sonst prompt beim ersten.

Ich weiß nichts und habe nie etwas gehört,
und es ist nie etwas gesagt worden.*

Unwissend, selbst wenn ich vorher Stellen geklärt habe,
auch langwierig, bei jemandem Kundigen
                                        in Person oder Buch

mich erkundigt

– und kein Gedicht ohne die Lautgestalt,
und sei es in der Umschrift! –

---

* Nur – die Ernte einfahren der Rede schweigt wie die Glut. Laborgerätstumme Destillation, jeglicher Hantierung!

unwissend, und regsam
wie die Neugier der Schafe am Zaun der Hühnerfarm:
Was haben sie, was machen sie, was ist mit ihnen,
mit diesen Wörtern da?

– Wovon lebt der Vers?
Zu welchem Leben sind in ihm die Worte gebracht?

Bewegungen, Rhythmen, Töne, Schwingungen,
Bedeutungen, Gesten, Energien –

wenn ich ihnen nicht folge,
kann ich weder übersetzen noch ersetzen.

Dafür brauche ich das Anfangsnichts,
daß ich wahrnehmen kann, was da ist.

Olga Martynova

Wortwahrheit

1

Oleg Jurjew und ich verdankten unsere Bekanntschaft mit Elke Erb Christian Pixis, der Anfang der 1990er-Jahre einen Literaturverlag gründete, der als Edition Christian Pixis bei der Janus press von Gerhard Wolf untergebracht wurde, die ihrerseits im Katalog und Vertrieb vom Verlag Volk und Welt, der die DDR leider nur um wenige Jahre überleben würde, vertreten war. Keiner dieser wunderbaren Verlage existiert heute, was ein zusätzlicher Grund ist, sie würdigend zu erwähnen. Christian Pixis ist übrigens Münchner und das war eine gelungene frühe Kooperation zwischen Ost und West. Er fragte also Elke Erb, ob sie ein Prosabuch von Oleg Jurjew übersetzen würde. So begann unsere Freundschaft. Die ersten zwei Bücher von Oleg hat Elke mit Sergej Gladkich übersetzt. Ab dem dritten hatte ich das Glück und Privileg, ihre Co-Übersetzerin zu sein.

Natürlich haben wir nicht nur unsere Werke übersetzt, sondern auch viele Gedichte verschiedener Lyriker, weil Elke mit ihrer Neugier und ihrem Enthusiasmus immer für das Neue bereit war.

Auch Oleg und ich übersetzen Elkes Gedichte ins Russische. Gleich beim ersten Treffen las Elke uns ihre Gedichte vor, und unsere Welt wurde um eine ganz neue, unverwechselbare lyrische Sprache bereichert. Dass sie uns ihre Gedichte vorlas, empfanden wir als selbstverständlich, aber wenn ich jetzt daran denke: Wer unter den Lyrikern heute liest sich gegenseitig Gedichte vor, wenn sie sich (wir uns) auf ein Glas Wein, auf eine Tasse Kaffee oder für einen Spaziergang treffen? Für Oleg und mich war das eine Gewohnheit: In der inoffiziellen Lyrikszene der späten Sowjetunion war das die natürlichste Sache der Welt: „Es gab Jahre, wo ich Woche für Woche sechsmal pro Woche irgendwohin ging, wo Gedichte gelesen, gehört und besprochen wurden, wo Bücher gelesen, kopiert und weitergegeben wurden, die in keinem Sowjetverlag veröffentlicht werden konnten“, sagte Oleg über diese Zeit in seiner Rede anlässlich der Verleihung des Hilde-Domin-Preises an ihn. Ich weiß nicht, wen ich nun fragen könnte, ob das in der DDR ähnlich war. Vermutlich. Auf jeden Fall las uns Elke ihre Gedichte vor, und auch das war Glück und Privileg, was uns auch gleich klar wurde.

2

Für Elke war das Übersetzen lebenslang eine ernste und sie innerlich beschäftigende Angelegenheit. Jede Übersetzung ist ein Abenteuer, meistens ein einsames. Es passiert nicht oft, dass Übersetzer·innen zusammenarbeiten – ich meine jetzt nicht, dass sie ein dickes Buch teilen und jeder sein Ackergrundstück bestellt, was öfter der Fall ist. Elke und ich haben tatsächlich jeden Satz und jedes Wort besprochen und gemeinsam verantwortet.

Der Arbeitsprozess verlief üblicherweise so: Ich schrieb die erste Variante, eine Vorlage für das Weitere. Und Elke verglich zuerst jedes Wort mit dem Original (sie sparte weder Zeit noch Kraft). Dann schrieb sie über meine Variante die ihre, und nun war ich dran, sie mit dem Original zu vergleichen. Als nächster Schritt haben wir das besprochen, entweder telefonisch oder wir haben uns getroffen. Unsere Telefonate dauerten vier bis acht Stunden.

Einmal haben wir zu dritt – Elke, Oleg Jurjew und ich – einen Monat im Übersetzerhaus Looren zwischen Zürichsee und Glarner Alpen verbracht, wo Elke und ich Olegs Roman *Die russische Fracht* übersetzten. Das war zugleich intensiver und entspannter als am Telefon. Wobei die Anwesenheit des Autors dazu führte, dass er sich in die Übersetzung einmischte: nicht im Sinne eines Steuerns unserer Arbeit – er hat uns als Übersetzerinnen absolut vertraut –, sondern er mischte sich in seinen Text ein, weil er dachte, für den deutschsprachigen Kontext würde er, hätte er das auf Deutsch geschrieben, einiges anders machen. So entstanden einige Abweichungen vom Original, die sich eine Übersetzung üblicherweise nicht leisten kann. Elke fand das nachvollziehbar und war einverstanden. Ansonsten strebte sie die maximale Nähe zum Original an, was sie zu ihrem Projekt, Mandelstams Gedichte in einen eigenartigen Abguss zu verwandeln, führte: Gedichte Wort für Wort ins Deutsche zu ziehen, ohne auf die syntaktischen und phraseologischen Besonderheiten der deutschen Sprache zu achten, damit diese Besonderheiten von russischer Sprache und Mandelstams Sprache sichtbar würden.

Am letzten Abend in Looren saßen wir zu dritt im Garten beim Abschiedsabendessen. Es war ein Wort geblieben (leider kann ich mich nicht erinnern, welches!), das Elke auf eine Weise und ich auf eine andere wiedergeben wollte. Eine Kollegin ging vorbei, und wir fragten nach ihrer Meinung. Sie fand meinen Vorschlag richtiger und meinte zu Elkes Variante: „Na ja, vielleicht sagt man in Ostdeutschland so.“ Es war mir so peinlich, dass ich mich sofort von meinem Vorschlag verabschieden wollte. Elke nahm das mit mehr Humor.

3

Ich habe unendlich viel von Elke gelernt. Manchmal ging es mir so, als würde ich dort, wo Elke ein 10-kg-Gewicht heben konnte, nur ein 3 kg schweres schaffen. Im Laufe dieser Zusammenarbeit habe ich, denke und hoffe ich, meine übersetzerischen Muskeln trainiert und kann nun schwerere Gewichte schaffen. Auch Elkes Ausdauer war eine Lehre. Einmal, nach einem stundenlangen Gespräch, blieb eine ungelöste Stelle, und sie sagte: Macht nichts, sie würde morgen Fenster putzen müssen und damit Zeit haben, sich die Stelle zu überlegen.

Und nachdem wir einmal nach drei Tagen Kopfzerbrechen endlich eine Lösung gefunden hatten (vielleicht ging es sogar um den oben erwähnten Fall mit dem Fensterputzen), sagte Elke, wir sollten den Prozess gleich aufschreiben, denn man werde immer wieder gefragt, was Übersetzen heißt, und es falle einem nichts ein. Das kennen wohl alle Übersetzer: Die Dutzenden Überlegungen und Varianten wegen manchmal eines einzigen Wortes sind ein Abenteuer wie *Die drei Musketiere* oder *Die Schatzinsel*, aber davon zu erzählen, ist fast unmöglich.

Den Prozess des Übersetzens aus der gelebten Vergangenheit herauszufischen, ist eine Aufgabe, die der Übersetzung selbst gleicht: eine Gegebenheit aus einem Medium (dem vergangenen Leben) in ein anderes (den fixierten Text) hinüberzuziehen, also über-zu-setzen, zu über-setzen. So ungefähr geht es mir jetzt beim Versuch, von unserer gemeinsamen Arbeit zu erzählen.

4

Manchmal schickte Elke uns ihre Notizen zur Übersetzung.

Wenn ich sie jetzt lese, entsteht in meinem Kopf spontan einiges, was ich Elke sagen würde, würden wir unsere Gespräche fortsetzen können. Da das nicht mehr möglich ist (oder nicht in einer offensichtlichen Form möglich ist, denn natürlich dauert bei jedem Menschen das Gespräch mit seinen Toten auf die eine oder andere Weise an), zeige ich ein paar ihrer Notizen und versuche, sie vorsichtig zu kommentieren (die Daten wurden von Elke vor jede Notiz gesetzt, wie es auch in ihren veröffentlichten Tagebüchern der Fall ist).

> 16.1.13
> „Guter Ausdruck für Wörtlichkeit: Wortwahrheit."

Diese Bemerkung steht für die Arbeitsethik. Immer wieder, wenn ich an Elke und ihre Art zu schreiben, zu übersetzen, auch zu leben, denke, kommt mir das Wort „Ethik" in den Sinn. Im Falle der Übersetzung ist das bei ihr die Verantwortung gegenüber dem Original. Ehrlichkeit. Wahrheit. „Wortwahrheit".

15.6.11.
„‚Beiläufigkeit‘ übrigens wurde mir beim Prosa Übersetzen erst relativ spät als Mittel bewußt.
Man ersetzt z. B. eine russ. Redewendung, für die das Adäquat im Dt. fehlt, mit einer wörtl. Wiedergabe, setzt aber die in das Geschwinde einer Redewendung um
so daß der Leser das als Redewendung schluckt, ehe er sich dessen versieht.“

Hier fällt mir eine der guten übersetzerischen Regeln ein, die ich von Elke übernommen habe: Wenn es gar nicht geht, ein Wortspiel so wiederzugeben, dass es nicht gewollt und gestelzt aussehen würde, soll man einfach den Sinn wiedergeben. Wenn die Übersetzung insgesamt den Ansprüchen des Originals gerecht wird, wird das verlorene Spiel dieser Stelle an einer anderen kompensiert werden:

16.6.13
„Grundsätzlich: in einem poetischen Text reagieren die Worte aufeinander. Ohne das wird eine Übersetzung nicht Poesie. Die Art der Reaktion ist aus dem Original herauszulesen; aus ihrer Wirkung ist der Text neu zu entwickeln. Keine Imitation! Diese Erkenntnis kam mir (nach aller ihr naiv entsprechenden Praxis) ziemlich spät. Vorausgesetzt wird, daß man sich von der Norm befreit, dasselbe herzustellen ...
Ich verstehe nicht, wieso, aber die Wörtlichkeit leidet nicht!
Außerdem sollte die Übersetzung die Freiheit haben, darzutun, sehen zu lassen, daß sie eine Übersetzung ist.“

5

Ein ewiges Thema: Soll man bei der Übersetzung gereimter Gedichte Reim und Metrum des Originals wiedergeben?

Elke war in verschiedenen Phasen verschiedener Meinung. Zum Beispiel hat sie, als sie angefangen hat, Olegs Gedichte zu übersetzen, auf Reim-und-Metrum-Wiedergabe verzichtet. Später wollte sie auch damit experimentieren (die Übersetzungen russischer Dichter, die sie in der DDR-Zeit gemacht hatte, waren gereimt). Oleg zog vor, dass sie das nicht mache, aber wir haben uns generell in ihre ästhetischen Entscheidungen nicht eingemischt. Was ich in der Zeit der Zusammenarbeit mit Elke gelernt habe: Der Übersetzer ist in der Tat Co-Autor eines Textes, wie schwer es manchem Urheber des Originals auch fallen mag, das einzugestehen. Das kann man mit Eltern vergleichen, die nicht einsehen wollen, dass Kinder ihr unabhängiges Leben führen.

Elkes Überlegungen zum Klang, zur Problematik der Wiedergabe des Klanglichen:

> 20.8.10
> „Thema Lautsprache, Reim
> Olegs stark lautgeleitete Gedichte nachdichten: Klar ist, daß ich aus der Lautleite ihren semantischen Effekt herausschreibe, freischreibe,
> und dann zusehe, was ich zugeben kann / muß an Klang aus dem Deutschen heraus
>
> denn natürlich kann ich den dt. Laut nicht ungebunden / indifferent lassen, auch in dieser schafherdenhaften **prima ausdruck** [Hervorhebung von Elke Erb] Dichte nicht
>
> wenngleich eben sie übersetzt zu werden hätte ins Semantische.
> Was auch eine Übersetzung aus dem Original in dessen eigene Sprache tun könnte.
> Poetologisches Ausformulieren fällig?
>
> Hirt ist Semantik.
> Herde ist <u>auch</u> Hirt.
> Kein Hirt ist ohne Herde.
> Tja. Und Rudel in der Natur?
> Lüge nicht! Reden nicht.
>
> Lüge dich nicht weg, du flüchtiger Äther Ich, aus deiner Vererdung."

Das ist ein wiederkehrendes Motiv in Elkes Notizen zur Übersetzung: Das Semantische ist primär. Aber das sagt uns wenig, wenn wir nicht darüber nachdenken, was das Semantische für Elke bedeutet. Eigentlich nicht die Wiedergabe des Inhaltes oder der Gedanken oder Gefühle. Das wäre zu einfach. Um das wiederzugeben, braucht man nicht eine große Dichterin zu sein. Das Semantische bedeutet für Elke die Gesamtheit von allem, woraus das poetische Bild entsteht. Dem auf der Spur zu sein, ist das, was ein guter Leser mit einem guten Übersetzer gemein hat.

Noch eine Notiz, ein Jahr später, uns aber in der gleichen Datei geschickt, also von Elke als mit der vorigen verbunden angesehen. Es geht um die gereimten Übersetzungen:

> 9.1.11
> „Wer hat sie geheißen, das in Reim und Metrik nachzubilden? Sie sind doch nicht imstande, die Wirkungen der Versglieder zu erfassen.: Nein, sie sind nicht imstande.
> Sie meinen ‚Schriftdeutsch'. Nein, ‚normales' heutiges Deutsch, geschriebenes, ihre Muttersprache ist die der Vorschrift. Nicht die Sprache ihrer Jugend, ihrer Eltern usw. Unterwerfen sich einem Tugendgebot, das sie entkräftet, zu Lügnern und Leugnern macht."

Also ist sie hier gegen die gereimte Übersetzung. Das ewige Problem bleibt das ewige Problem. Auch durch Elkes Aufzeichnungen nicht gelöst. Aber sie sollen Teil des Gesprächs bleiben. Elke war zu einem Kompromiss bereit: Nicht zu reimen, den Klang aber mit anderen Mitteln nachzuahmen. Dieser Zwischenweg scheint mir in vielen Fällen eine Lösung zu sein.

> 9.1.11
> „Seinerzeit einmal von einem Kürzestzeilen-Gedicht Marina Zwetajevas drangsaliert und durch ein langes Poem hindurch von jungenhaften Jeseninschen Tanz- und Triumphreimen gereizt, lernte ich *oben* auf *Kolonnaden end-zu-reimen* (bei Jessenin kam es dabei darauf an, daß der Vers seinen Hauptton auf das Vers-Ende setzte)."

Elke blieb nie auf einem erreichten Platz, ihr ganzes literarisches Leben war ein unermüdliches Experimentieren, also:

> „Später folgte Entspannen als Kultur: ‚Gib erstmal, was da steht.' Und schau, schon ist ein Großteil getan. Und angebahnt, was dann bei Olgas Versen bewußt die letzte Arbeit war: die Klanggestalt zu fördern, die volle Sonanz (und nicht nur die Reim-Sonanz) durch den gesamten Text gehn zu lassen."

Wieder Kritik der gereimten Übersetzungen:

> 13.8.11
> „... ein Überwiegen der Bereitschaft, des Gehorsams! gegen die Vers- und Strophenbau-Orientierung auf ihre metrischen und anderen formalen Sorten
> und das eigentliche Versleben, der Vers als lebendes Wesen, ist ihnen gemeinhin egal ...
> was sich ja deutlich zeigt bei Gedichten, die nicht gereimt + ... sind"

Hier bringt Elke das Dilemma zu seinem wichtigsten Punkt: Was wird Reim und Metrum geopfert?

„Bei den andern: sein Versleben wird kalt geopfert zugunsten des formalen Tanzes
Selber will er treten, der Treter. Es gibt keinen Treter neben mir“

Also: Das Versleben wird kalt geopfert. „Selber will er treten, der Treter“, das gilt wohl einem Übersetzer, der das Leben des Originals zugunsten der formalen Merkmale erlöschen lässt. Das ist die übliche Fragestellung (angelehnt an den Spruch aus dem Kohelet: „denn ein lebender Hund hat es besser als ein toter Löwe“): was man wiedergeben will: den toten Löwen oder den lebenden Hund; oder, wie Oleg sagte, ob wir als Übersetzer das Phänomen „Leben“ oder das Phänomen „Löwe“ wiedergeben wollen, und er war entschieden für das Phänomen „Leben“ und wollte nicht, dass man seine Gedichte gereimt übersetzt, also aus ihnen einen ausgestopften Löwen macht. Wobei Elke Erb, wie gesagt, alles durfte, Olegs und mein Vertrauen in ihr Können und ihre Intuition war uneingeschränkt.

Ab und zu hatte sie Lust zu reimen und dem „Löwigen“ mehr Platz einzuräumen als dem „Lebendigen“. Wenn ich das aus ihrer Sicht zu betrachten versuche: Manchmal braucht die Kommunikation zwischen den Kulturen, dass nicht nur das Phänomen des Lebendigen, sondern auch das Phänomen des „Löwigen“ gezeigt wird, und dann gewinnt der ausgestopfte Löwe seine museale Bedeutung und Notwendigkeit.

6

Und vielleicht noch das zum Schluss:

13.8.11

»____________________----
im Werkstattgespräch WDR Köln unbedingt sagen: man kam so aus es war öfter so: ich dichte nach – und sind die paar Wochen der Auftragserfüllung herum wundere ich mich, daß ich jetzt noch Geld kriege: habe ich doch während der Arbeit gelebt!“

ANHANG

In unserem E-Mail-Wechsel habe ich einen Text gefunden, der „Projektbeschreibung“ heißt und ein Antrag für irgendeine Förderung sein sollte, die wir, denke ich, nicht bekommen haben (wir haben einmal für das Buch *Rom liegt irgendwo in Russland* mit Jelena Schwarz’ und meinen Gedichten eine Förderung vom DÜF bekommen, wofür ich mich an dieser Stelle bedanke; diesmal aber nicht). Der Text selbst, den Elke Erb zu meinen Gedichten verfasst hat, hat mich bei der Wiederlektüre zutiefst berührt, zumal ich weiß, dass Elke nie etwas bloß aus der Perspektive eines Antrags, ohne dass sie jedes Wort ernst meinen würde, geschrieben hätte. Aus der Unterschrift folgt, dass Elke diesen Text in Calw verfasst hat, wo sie als Hermann-Hesse-Stipendiatin wohnte. Oleg und ich haben sie dort besucht, und ich habe noch ein paar Fotos, die mich daran erinnern. Auf einem steht Elke auf der Brücke neben dem bronzenen Hermann Hesse und ahmt spielerisch seine Haltung nach; in diesem Foto ist sehr viel von Elkes Ironie und Verschmitztheit zu sehen.

Projektbeschreibung

Das Manuskript ist aus drei Teilen aufgebaut, die in umgekehrter Reihe angeordnet sind – der älteste (die „Verse von Rom") steht zuletzt. Der folgende, Aleksander Wwedenskij gewidmete, Zyklus, ist etwa ein Drittel umfangreicher als der von Rom, und einige Zeit später entstanden. Der neueste Zyklus, „Von Tschwirik und Tschwirka", ist umfangreicher als die beiden zusammen und in sich zweigeteilt.

Es war diese Zusammenstellung eine Entdeckung für mich, denn ich erkannte eine aufsteigende Entwicklung in ihr, einen weghaften Fortschritt von einem Stadium zum andern. Es handelt sich dabei nicht etwa um eine qualitative Weiterentwicklung im Sinn von schlechter zu besser, sondern in dem anderen Sinn von Qualität, in dem das Wort Eigenart, Eigenschaft schlechthin bedeutet.

Die Romgedichte sind entstanden bei einem Treffen der Autorin mit ihrer Freundin, der hervorragenden Petersburger Dichterin Jelena Schwarz, in Rom, wo diese mit einem Stipendium weilte. Olga Martynova kam aus Frankfurt, sie war 1991 aus Petersburg emigriert. Ihrer beider Romzyklen erschienen vereinigt in einem schmalen Bändchen mit dem Titel „Rom liegt irgendwo in Rußland". Die Stadt erleben sie im Spätherbst. Rom hieß Großstadt-Realität, Spätherbst, Kultur-Tradition. In Martynovas Zyklus haben die herbstliche, die Großstadt-Tristesse und die Vergangenheit des Ruhms ungeteilte Geltung und gleichen Rang. Trotz eines Bildes wie: *daß der schreckliche Marmor der römischen Kolonnaden / aus der Erde ragt, als wäre da / eine Kuh verscharrt mit dem Euter nach oben* und ähnlich strenger Realismen findet in ihren Versen sehr viel Wahrnehmung der ungewöhnlichen Bedeutung Roms Ausdruck und ebenso viel Wissen, das schon mitgebracht wurde. Die Aktivität der Anteilnahme, ihr Realismus ergeben, daß man eher von einer Elegie als von Melancholie zu sprechen hat.

Unter dem Titel „Wwedenskij" mit dem Untertitel „Eine Untersuchung" begegnet Olga Martynova in zehn Teilen einem der Oberiuten-Dichter, einer Gruppe von Erneuerern, deren in Deutschland Bekanntester Daniel Charms ist. Ich möchte sagen, daß dank Martynovas Zyklus auch Wwdenskij aus dem bisher kleinen Kreis seines deutschen Ruhms heraustreten wird. O.M. geht aus ihrer Gegenwart von verschiedenen Seiten auf ihn zu; ihre Verse folgen seinen kreativen Ansätzen aus Eigenem und werden mit Zitaten von ihm begleitet. Aus diesen indirekten Spiegelungen wird seine Gestalt dennoch sichtbar, seinem Denken und Reden und auch dem der Gruppe erfreulich entsprechend.

Diese Freude erhellt / durchhellt dann den großen zweiteiligen Zyklus, der dem Band den Titel geben wird: „Von Tschwirik und Tschwirka". Die beiden wundersamen Wesen sind in einem Grade selbständig, daß sie im Himmel leben, obwohl sie keine Vögel und keine Götter sind. Die Freude ist die des Gelingens. Ein Entgrenzen, das, dank oberiutischer Anregung, fixierten beschränkenden Weltbildbegriffen aus der eigenen Erkenntnis-, Sprach- und Bildlust zugeführt wird, läßt eine Helligkeit entstehen, die wieder und wieder zu ergreifender Unübertrefflichkeit erwächst. Man erlebt sie als Bewußtsein und wäre sie auch so zu nennen versucht, schwirrte sie nicht in einem Grad vor Leben-Liebe-Liebenswürdigkeit-Grazie und Weisheit, vor Poesie also, daß man zuweilen denkt: nur sie spricht, (sonst niemand:) nur die Autorin, nur diese eine Stimme hier spricht (wie man wohl zurecht denken kann, wenn jemand wirklich agiert).

Die poetologische und direkt-sprachliche Kreativität des Textes, die seiner mentalen entspricht, bedeutet für die Übersetzung, daß sie mit allen Möglichkeiten der sprachlichen Beweglichkeit wie Stabilisierung zu arbeiten, also mit Reim und Binnenreim, gewöhnlicher Assonanz und den Listen der feineren, wie ebenso auch schon nur mit wohlgesonnener Intaktheit deutscher Rede dem Russischen dieser Verse beizukommen hat.

Elke Erb,

z. Z Calw, 15.9.2011

Shane Anderson

Ergiebige Fehler

Eine Schlange in der Küche

Mein erstes Treffen mit Elke Erb war in ihrer Küche. Ich saß mit ihrem Mitbewohner Christian Filips an jenem berühmten Tisch, an dem Dichter und Intellektuelle während vieler Jahrzehnte das Leben, Ideen und Rezepte diskutiert hatten. Christian und ich hatten uns verabredet, um den ganzen Nachmittag lang meine Übersetzungen seiner Werke durchzusehen, bevor er nach Nairobi zu einer Veranstaltung im kenianischen Goethe-Institut flog. Nach etwa einer Stunde erschien Elke plötzlich auf der Türschwelle. Sie sagte, wir sollten sie nicht beachten, während sie einen Tee kochte, aufräumte oder sonst etwas tat, woran ich mich nicht erinnere – es war 2015. Also versuchten wir weiter, Christians Gedichten im Englischen die richtige Energie zu verleihen.

Irgendwann setzte sich Elke ungefragt zu uns. Nicht, dass sie gefragt zu werden brauchte, es war ja ihre Küche. Doch für mich war es sonderbar, dass sie plötzlich einfach da war, plötzlich Teil des Gesprächs, und danach für immer Teil meiner Übersetzerwelt.

Die meisten Leute, die Elke besser kannten als ich, erwähnen im Gespräch über sie irgendwann, dass ihre entscheidenden Eigenschaften die Neugier und der kritische Geist gewesen seien. Sie konnte mit grenzenlosem Interesse tief in ein Thema eintauchen und es ohne Punkt und Komma in Stücke reißen – oder so stellte ich es mir vor. Und an jenem Nachmittag in ihrer Wohnung in Wedding demonstrierte Elke zunächst das Letztere. Da war kein Groll, nur Gründlichkeit. Sie sah sich das Gedicht an, an dem wir arbeiteten, und schlug ein paar Änderungen vor. Ich dachte schon, dass mich mein Deutsch im Stich gelassen hätte und sie etwas in meiner Übersetzung aufgegriffen hätte, ohne mich direkt anzusprechen – schließlich waren wir wegen der Übersetzungen da – doch Christian versicherte mir, dass dies eine Diskussion sei, die sie beide schon länger miteinander führten, und dass Elke ein Problem mit dem deutschen Original habe. Dann redeten sie untereinander, und welche Sprache sie auch gesprochen hätten, ich hätte ihnen niemals folgen können – mir wurde wirr im Kopf vor Beschämung. Damals geißelte ich mich noch dafür, nicht perfekt Deutsch zu sprechen, und ich errötete von Kopf bis Fuß, wenn ich in einem Gespräch auch nur eine Kleinigkeit verpasste, vielleicht weil ich noch nicht bemerkt hatte, wie wenig Englisch ich zuweilen verstehe.

Elke sah dann die anderen Seiten auf dem Tisch durch. Nachdem sie für den Moment nichts weiter zu sagen hatte, richtete sie das Gespräch auf mich. Wer ich sei? Mit unsicherer Stimme erzählte ich ihr die Kurzversion meines Lebens, die ich in den zehn Jahren in Berlin perfektioniert hatte. Dichter, Übersetzer, ursprünglich Nordkalifornier. Ja, ich war in Kalifornien aufgewachsen, aber nicht in *jenem* Kalifornien. Es gab keine Palmen in meiner Gegend, nur Berge, Seen und Drehkiefern, und manchmal musste ich sogar während der Sommerferien Schnee aus den schattigen Ecken unseres Gartens schaufeln.

Als ich fertig war, sah mich Elke an und fragte: Aber hattest du keine Angst vor den Schlangen? Ich schaute zu Christian und dann zu den Gedichten auf dem Tisch. War dieser Kommentar an mich gerichtet? Oder galt er ihm? Hatte ich das Wort Schlange gesagt, oder gab es eine im Gedicht, die mir entgangen war?

Elke setzte dann zu einem langen Monolog darüber an, wie es sein musste, in Indien aufzuwachsen und über Bilder von Häusern, die sie gesehen hatte, die zum Schutz vor giftigen Viechern hoch über dem Boden standen. Sie sagte viele andere Dinge, denen ich nicht folgen konnte und die ich hier nicht wiedergeben kann. Ich hielt mich noch immer bei der Frage auf, ob ich das Wort Schlange unabsichtlich gesagt hatte.

Und so rasch sie an den Tisch gekommen war, ging sie auch wieder. Danach sah ich Christian an und hoffte auf eine Erklärung. Er lächelte nur und sagte: Hörgeräte. Wenn sie zu Hause ist, trägt sie ihre Hörgeräte nicht immer.

Übersetzergeschwister

Fehler sind meistens beschämend. Wir streben nach Genauigkeit, nicht nur beim Übersetzen, sondern auch in unserem Austausch mit der Welt. Wir wollen das exakte Rückgeld im Café und wir wiegen die Produkte im Lebensmittelladen. Wir befolgen die Anleitung beim Zusammenbau der Möbel und nehmen anschließend die Anzahl Antibiotika-Tabletten, die uns der Doktor verschrieben hat. Und wir versuchen, in nachvollziehbarer Weise zu sprechen. Nicht ständig und nicht alle, aber als Faustregel. Natürlich gelingt es uns nicht immer. Das führt zu Rückziehern, zu Schmollen oder zu Beharren. Zu Verbitterung, Bedauern, Selbstzweifel, Wut, Selbsttäuschung. Je nach Schweregrad fühlt es sich an, als brächen unsere Welt und unser Weltverständnis zusammen.

Doch Fehler sind nicht immer Tragödien: Sie können auch zu Entdeckungen führen. Der Alchemie können wir dankbar sein für Phosphor, Schießpulver und Spirituosen, ganz zu schweigen von Gips und Zinnober. Das sagt mir jedenfalls ChatGPT. Teilweise stimmt das nicht ganz – Gips, so gibt der Chatbot auf mein Nachhaken zu, werde nur erwähnt wegen „seiner Eigenschaft, sich zu wandeln und zu härten, und das Modellierhandwerk passe schön ins alchemistische Instrumentarium und Weltbild". Weitere abseitige Recherchen zeigen, dass die Sache nicht so klar ist, aber das alles ist ja egal, denn es ist einfach später Abend im Internet und ob die Alchemisten Gips verwendeten oder nicht, darauf kommt es eigentlich gar nicht an. Worauf es ankommt, ist, dass es ein Fehler war, der fortbesteht, sobald sich das Large Language Model bei seinen eigenen Daten bedient.[1] Wenn man es nicht aktiv korrigiert, werden wir den Gipsmörtel in der Welt von ChatGPT immer der Alchemie zu verdanken haben. Dieser Fehler ist natürlich weitgehend harmlos. Aber er wirft die Frage auf: Worum geht's bei einem Fehler? Was gibt's zu gewinnen? Vielleicht sogar etwas, was alchemistisch näher am Original ist?

Als ich 2018 begann, Elke für die Berliner Rede zur Poesie im Haus für Poesie zu übersetzen, gab ich mir die größte Mühe, nah am Original zu bleiben. Oder so nah wie möglich an dem, was ich vom Original verstand. Ich wollte alle Zeilenumbrüche und Stotterstufen und Wortspiele hinbekommen. Ich wollte dieselben Muskeln spielen lassen wie Elke. Doch fast augenblicklich fühlte sich eine solche Korrektheit falsch an. Die Zeilen mussten neu geordnet werden, damit sie besser flossen. Es mussten Wörter wiederholt oder bei der zweiten Erwähnung deutlich markiert werden, weil die Pronomen im Englischen viel weniger leisten. Und was noch schlimmer ist, die wenigsten Witze sind in zwei Sprachen lustig.[2]

Sogar der Titel flehte mich an, meine pedantische Haltung abzulegen. Der deutsche Titel *Das Gedicht ist, was es tut* müsste wörtlich übersetzt werden als „the poem is what it does", doch der bestimmte Artikel im Englischen warf für mich die Frage auf, von welchem Gedicht denn die Rede war. Welches bestimmte Gedicht ist, was es tut? Kannst du es mir zeigen? Ich möchte es sehen. Im Verlauf der Übersetzungsarbeit am ganzen Buch begann ich zu verstehen, dass Elke meint, dass jedes einzelne Gedicht ist, was es tut. Der Titel ist also eher die Erklärung einer Poetik als eine Exegese. Es ist größer als eine solche. Das führte mich, vielleicht paradoxerweise, dazu, das Bestimmte unbestimmt zu machen und den Titel als *a poem is what it does* zu übersetzen.

Man sieht schon, dass ich mir damit eine Freiheit herausnahm. Und ich glaube, es ist ein großer Sprung, den man als Vertrauensbruch lesen kann, wenn man ihn isoliert betrachtet. Doch Elkes Gedichte verlangen solche Freiheiten, wenn sie mit Blick auf die Energie jemals in die Nähe des Originals kommen sollen. Denn Elkes Werk ist sehr frei. Dies kommt von derselben Neugier her, die Elke gegenüber den Menschen zeigt und die den Geist in seiner Funktionsweise verfolgt. Doch weil ihr Geist auf Deutsch funktionierte, hatte er eine bestimmte Struktur. Eine Struktur, die auf Englisch nicht immer funktioniert. Und da die Gedichte zugleich sehr exakt sind, kann ihre Übersetzung sehr anspruchsvoll sein.

Obwohl ich sicher bin, dass viele Fehler drinstecken, konnte ich Elkes berühmtem kritischem Geist ein zweites Mal entwischen, als wir nach der Berliner Poetikvorlesung gemeinsam in der AdK dinierten. Ich fragte sie, warum sie mir vor dem Vortrag keine Kommentare zu meinen Übersetzungen geschickt hatte, und sie sagte mir nur, wie zufrieden sie war. Irgendwann stellte sie mich jemandem als ihren „Bruder Übersetzer" vor. Während Jahren fühlte ich mich geschmeichelt und kostete diese Geschichte im Geheimen aus. Doch kürzlich erzählte ich sie Christian, der nur beiläufig meinte, dass Elkes Englisch nie ganz auf der Höhe gewesen sei. Gut möglich, dass sie meine Fehler schlicht nicht bemerkt hatte. Oder vielleicht waren sie ja produktiv?

Nicht so schnell

Ich war so ruhelos wie jeder andere auch, als während des ersten Covid-19-Lockdowns alles zum Stillstand kam. Und während auch ich eilige Runden durch die Rhododendren im Tiergarten drehte, vermisste ich den lebhaften Austausch mit anderen Künstler·innen, Dichter·innen und befreundeten Intellektuellen. In meinem Drang nach Tempo suchte ich eine Beschäftigung, irgendetwas, schleunigst. Meine gehetzte Durchsicht der *London Review of Books*, um nicht in Rückstand zu geraten, ergab nicht viel außer einem Kopfweh. Und meinem Sohn zuzusehen, wie er zwei Duplo-Steine zusammenschmetterte, half ebenso wenig. Zufällig schaute ich eines schlaflosen Morgens, nachdem mein Sohn wieder eingeschlafen war, übertrieben lange auf mein Lyrik-Bücherregal. Elkes *Sonanz* stach mir ins Auge und ich schlug die Einleitung auf, in der sie erklärte, dass die Gedichte aus Notizen geformt wurden, die sie während jeweils exakt fünf Minuten gemacht hatte. Dieser architektonische Zugang zu einem Ausgangsmaterial aus automatischem Schreiben erinnerte mich an meine·n Freund·in CAConrad, eine·n Dichter·in, deren·dessen Werk ich liebe. Als ich zum ersten Mal seit Jahren auf die Gedichte in *Sonanz* schaute, fing etwas Feuer.

Der langen Rede kurzer Sinn: Ich beschloss, jedes einzelne Gedicht des Bandes mit dem gleichen Verfahren zu übersetzen, durch das es entstanden war. Ich machte eine provisorische Übersetzung in exakt fünf Minuten, erlaubte mir dann aber eine Überarbeitung. Der Sinn war für mich, ihre Energie einzufangen, die dem Notieren nahe ist, jedoch flüchtiger und ausladender. Für mich ist es ein wenig wie ein Umherschweifen zwischen den Bäumen, um erst zu schauen, wo man ist, wenn man sich verirrt hat.

Ohne weiteres Aufhebens hier also eine erste Version:

OUTCAST

Hog mast, service mast

one thing I can definitely see
doing as it pleases in the sky:
the poor soul will receive nothing.

And should date goods
and chattels some random thing

/// des Gedichts ///

VERSTOSSEN

Schweinemast und Elektromast –

eins, was ich immerhin sehe
im Himmel schalten und walten:
das Hascherl wird gar nichts erhalten.

Und sollte das Hab und Gut auch
beziehungslos veralten!

Was man hier sieht, ist eine Reihe von Fehlern. Das „und" in der ersten Zeile ließ ich weg, ebenso den Gedankenstrich. Die nächste Strophe dann, man kann's nicht anders sagen, ist einfach nur platt. Und tun wir doch einfach so, als ob es die letzte Strophe nie gegeben hätte.

Nachdem ich mich auf diese Weise durch fast die Hälfte der Gedichte gearbeitet hatte, beschloss ich, mich für das damals neue Radialstipendium des Deutschen Übersetzerfonds zu bewerben (das ich erhielt) und einige Versionen der Gedichte an Magazine und Verlage zu schicken. Während der Zusammenstellung der Bewerbung und der Begleitbriefe realisierte ich, dass ich den Gedichten gegenüber texttreuer und genauer werden musste, und so schickte ich die Gedichte Christian zum Verreißen – ich nahm an, dass ihn das Zusammenleben mit Elke kritisch gemacht haben musste, wenn er es nicht zuvor schon war. Christian gab eine Reihe von Kommentaren und schrieb mit Blick auf das fragliche Gedicht: „Für ‚Hascherl' vielleicht ein Dialektwort finden? Und: Ausrufezeichen?! Bin mir bei diesen beiden letzten Versen nicht sicher, ob sie die Geste des Originals treffen."

Die meisten Bemerkungen waren bereits hilfreich, und ohne gewisse Probleme auch nur anzusprechen, wusste ich, dass er wusste, dass ich's wusste. Bald darauf verfasste ich meine nächste Version, die in *Asymptote* erschien:

OUTCAST

Hog mast and service mast –

even so, I do see one thing
doing as it pleases in the sky:
the poor schmuck will end up with nothing.

And those worldly goods without relation
should become obsolete!

Wenn ich ChatGPT frage, ist er zufrieden damit. Und ich bin es auch, weitgehend. Mir scheint, dass es die Stimmung einfängt. Die beiden deutschen Zeilen, die sich reimen, reimen sich im Englischen nicht, aber dafür haben wir einen Reim in „thing" und „nothing", was vielleicht ein wenig billig ist, aber in die richtige Richtung weist. Das letzte Zeilenpaar könnte man jedoch neu machen. Vielleicht etwa so: „And even if those worldly possessions / without relation become outdated!" Dann läge eine größere Betonung auf dem „out", was uns zurück auf den Titel verweisen würde, der dann auch „cast out" lauten könnte. Ich denke, wenigstens irgendetwas davon sollte richtig sein. Verdammt. Übersetzen ist beschämend. Aber Fehler sind auch motivierend. Es ist Zeit, dies genauer anzuschauen und auch den Rest der Versionen. Wünscht mir Glück.

(Aus dem amerikanischen Englisch von Florian Bissig)

1 Die rasche Entwicklung der Technologie und ihrer Abirrungen lässt an dieses Gedicht von Elke denken:

COMPUTER

They overcalculate too, practically
without a command, what
the brains has refused to admit,
crossing over human thresholds
overland like the Transrapid
arrow-like, fluid, "more detached"
senses, plus
ones as hard as arrowheads are trailing it,
the rapid, or
are rushing ahead,
while the bushwhacked inhibition
thresholds below,
also feisty & compact,
might cluster into addressless
symptoms of the after-work disposition.
In the teeth
of the tempo!

Dies ist mein erster Versuch einer Übersetzung des Gedichts. Ich verglich ihn mit der Version von ChatGPT und führte mit dem Chatbot ein Gespräch dazu. Zu meiner Überraschung bevorzugte ChatGPT meine Version und meinte, „sie fange das Wesen des Originals wirkungsvoll ein und füge zugleich eine moderne, schwungvolle Stimmung hinzu". Seine eigene Version bezeichnete der Chatbot als „weich" und „abstrakter". Ich neige dazu, nach „below" und nach „compact" einen Geviertstrich einzufügen, um es klarer zu machen, doch diese Frage bleibt noch offen.

2 Noch eine ChatGPT-Abfrage: „Sag mir einen Witz, der auf Englisch und auf Deutsch lustig ist."

Die Antwort von ChatGPT: „Englisch: Why did the bicycle fall over? Because it was two-tired! Deutsch: Warum ist das Fahrrad umgefallen? Weil es zwei-müde war! Der Witz spielt in beiden Sprachen mit dem Doppelsinn von ‚two-tired' und ‚zwei-müde' (wobei ‚zwei' ‚two' und ‚müde' ‚tired' bedeutet)."

Theresia Prammer

„Ich spüre eine eigentümliche Klarheit"

Zu Elke Erbs übersetzender Poetik, nebst einigen Begriffsbestimmungen

„Entwürfe lassen sich niemals tilgen."
Ossip Mandelstam

„Nachdem alle Schwierigkeiten aus dem Weg geräumt sind, vom Weg abweichen!
Nachdem alle Schwierigkeiten aus dem Weg geräumt sind, seiner Wege gehen!"
Elke Erb, *Winkelzüge*

Eines scheint jetzt, wo Elke Erb aufgehört hat zu schreiben, das Denken und Weiterdenken, das Übersetzen ihrer literarischen Hinterlassenschaft aber vielleicht erst beginnt, auf der Hand zu liegen: Elke Erb übersetzt immer noch. In dem Maße, wie ihre Art zu dichten eine Verlaufsform war, von Prozess-, Hybridtexten gekennzeichnet (auch solchen, in denen laufende Übersetzungsarbeiten glossiert werden), verwischte sich darin nicht nur das Verhältnis von Gedicht und Kommentar, sondern eben auch das Verhältnis von „Original" und „Übersetzung". Umgekehrt könnte beim Versuch, die beiden Momente ihres Schaffens gegeneinanderzuhalten, auch etwas darüber in Erfahrung zu bringen sein, was die Textsorte „Kommentar" mit der Textsorte „Übersetzung" verbindet und wie die Übersetzung, den Kommentar als Reflexionsform bedingend, das Gedicht über Umwege sogar auslöst ...[1]

Das vorausgeschickt möchte ich mich noch einmal Elke Erbs 1990 verfasstem, 1994 überarbeitetem Gedicht-Essay „Zum Thema Nachdichten" aus dem Essayband *Der wilde Forst, der tiefe Wald* zuwenden, der mich schon vor vielen Jahren beschäftigt, ja eigentlich fulminiert hat: als das einzigartige Dokument einer systematischen Auseinandersetzung einer Dichterin mit ihrer eigenen Übersetzungstätigkeit. Enthält dieser Text eine Theorie? Da wäre ich vorsichtig, denn es spricht eine Praktikerin, allerdings eine, die, auf die meisten der sogenannten Übersetzungstheorien wohl auch selbst gekommen wäre. Benjamins Echotheorie? „Zum Thema Nachdichten" spricht davon. Die „Polysystemtheorie", die den Übersetzungstext als verwoben im Literatursystem der Zielsprache wahrnimmt? Elke Erb lebt in ihr. Die hermeneutische Übersetzungsbetrachtung, die den Stellenwert des Verstehens vielleicht auch ein wenig überschätzt? Elke Erb schlägt ihr ein Schnippchen, denn sie erhebt ja keineswegs den Anspruch, irgendetwas verstanden zu haben, schon gar keinen tieferen Sinn. Sie hat es lediglich nachgedichtet.

Überhaupt wird man, wenn Erb über das Nachdichten spricht, keine Mystifikationen finden, keinen Essentialismus des *Dichterischen*. Im Gegenteil nähert sie sich den zu übersetzenden Gedichten zunächst nicht anders als Gebrauchstexten, die einen bestimmten Zweck zu erfüllen haben und deren Gut-Gemachtsein dieser Brauchbarkeit funktional untersteht. Man muss sich die Wörter ganz genau anschauen, mit denen Erb dieses Machen näher beschreibt: Es sind die Wörter, mit denen sie in ihrer Poetik auch sonst gerne umgeht. „Subkutan" ist so ein Wort. Oder: „Lückenlosigkeit". Oder, nicht ganz so nüchtern und doch nüchterner, als man denkt, „Majestät". Als Nachdichterin ist Erb zuallererst Wortarbeiterin wie hier in diesem „Gesellenstück":

> Schreibwerkstatt – Gesellenstück
>
> Meine erste Übersetzung – ein Text von Marina Zwetajewa.
> Vierzig Seiten Prosa, ich arbeite ein halbes Jahr daran.
> Eine Folge ohne Ziel. Die Folge selbst war das Ziel.
>
> Ein halbes Jahr lang, mittags bin ich erschöpft
> bis zum Taumeln, abends erschöpft,
> fordert die Sprache des Originals, daß ich mich
> durch den Schutt meiner Sprache hindurcharbeite,
>
> (...) stets, Wort für Wort, Satz für Satz,
> einen fertigen Text habe ich nachzubauen.
>
> Erkenne, was Schutt ist von dem, was du redest,
> finde, was hält.

Dieses Fragment stammt aus *Winkelzüge* (1984), ist also chronologisch sehr nahe beim Langgedicht „Zum Thema Nachdichten", das möglicherweise als besonders raumfordernder Winkelzug gelten kann. Worum oder womit wird hier gerungen? Es gilt, kraft eines Körpers, in dem die Sprache sitzt, sich durch den Körper der Sprache, die ein Steinbruch ist, hindurchzuarbeiten: „Steinbrucharbeit". Was hier zuerst ins Auge springt, ist die Relation zwischen Aufwand und Ergebnis sowie die Relativierung des Ergebnisses durch den zurückgelegten (zugleich immer bevorstehenden) Weg: „Die Folge selbst war das Ziel." Um etwas Haltbares zu verabschieden, wird eine vorübergehende Destabilisierung in Kauf genommen. *En passant* macht die Nachdichterin die Entdeckung, dass die Prüfung, zu der sie angetreten war, so viel mehr umfasst als „nur" die Worte („Seiten"), die dabei herauskommen. Aus sicherer Distanz kann sie zurückblicken auf das Geleistete wie auf eine Reise, mit allem, was ihr dabei an Herausforderungen begegnete. Dabei werden auch die Verhältnisse klarer, die, wie wir von Erb wissen, ebenso falsch sein können und denen bisweilen „gekündigt" werden muss. Stets gehört zu Elke Erbs Haltung diese kühne, politisch folgenreiche Zusammenführung rezeptionsästhetischer und gesellschaftlicher Zusammenhänge. „Sätze sind keine Kaiserkrönungen" ist so ein Elke-Erb-Satz, der die eingefleischte Skepsis gegenüber einer bestätigenden Sprache transportiert. Einer „Majestät" des „Hinstellens" von Wörtern und Sätzen entspricht hier nicht von ungefähr (nichts ist von ungefähr) die Skepsis gegenüber Idolen und Ideologien. Das lässt auch Rückschlüsse auf Elke Erbs Interpretation von Avantgardismus zu, in dem die „Zweifel an der Sprache" (E. Jandl) sich erst einmal an der Grammatik der Wirklichkeit bewähren müssen, was per se einen übersetzenden Zugang erfordert. Die Genauigkeit, die beim Übersetzen auf dem Spiel steht, ist unter Umständen bereits eine Korrektur, eine Neujustierung blind übernommener Hierarchien. Über die Zeit des Ungaretti-Übersetzens schreibt Elke Erb:

> Kannst du doch, eben um ihn nachzudichten, seine Setzungen
> anders nicht als per Evidenz verstehen, geheimnislos
> real hergeleitet (poeto*logisch*).

Gerade in Hinblick auf den Hermetiker Ungaretti fällt, und das ist bemerkenswert, das Wort „Evidenz". Dabei unterscheidet Erb wohlweislich zwischen der Fremdsprache (als „Sprache, in der das Gedicht geschrieben ist") und der „eigenen Sprache" des Gedichts, die sie als gleichbedeutend mit seiner „Poetologie" versteht:

> Die fremde Sprache führt mich zu dem Gedicht.
> Und meine eigene Sprache führt mich zu dem Gedicht.
> [...]
> Diese eigene Sprache gibt mir das Gedicht.
> Sie heißt Poetologie.*
>
> * Diese Sprache ist keine Fremdsprache. Ihr begegnet ein ärgeres Unverständnis.

Im Zuge dieses Übertragungsprozesses, eine Art End-zu-End-Verschlüsselung, bleibt die Sprache des Gedichts so lange Fremdsprache, wie seine Poetologie noch nicht erschlossen ist. Die Aufgabe: Nicht das Gedicht von einer Sprache in die andere Sprache übersetzen – das wäre zu ungenau und der Herausforderung, ein Gedicht anlässlich eines Gedichts zu schreiben, nicht gemäß. Man trifft sich auch nicht in der Mitte, denn dort ist ja nichts. Bleibt nur die dynamische Lösung: Das Gedicht neu zur Sprache bringen mittels der ihm eigenen Poetologie. Für diese notorische Verquickung von Form und

Inhalt, Thema und Verfahren (das Gedicht „macht", was es „ist", und „sagt", was es „zeigt") ließen sich neuerlich Konzepte wie Walter Benjamins „Art des Meinens" (von Peter Szondi weitergedacht als „Poetry of Constancy"), Efim Etkinds „Identität der Spannungen" oder dergleichen ins Treffen führen. Erb interpretiert sie persönlich und empirisch, wenn sie empfiehlt, Sprache als Poetologie und Poetologie als Sprache zu denken, die semantische Fixierung der Übersetzungsgeste in eine Optik der Rekreation überführend: *do, ut des*. Ich gebe, damit du gibst, hat Olga Martynova nicht umsonst ihre Auseinandersetzung mit „Über das Nachdichten" genannt.[2] Von Erb wird dieses Tun, von einem gegen Unbekannt gerichteten Erkenntnisanspruch bewegt, immer noch in Einklang mit Walter Benjamin anhand einer Echometapher näher bestimmt, wenn von „jenem Ich" die Rede ist, „das es (*das Gedicht*) in dir, aus dir hervorgerufen hat, / als ob es dein eigenes sei".

> Das Gedicht ruft in mir eine Figur hervor.
>
> Es ist die Figur des Gedichts,
>
> aber sie ist gebildet aus dem Stoff,
> auf den sie in mir trifft.

So lässt die Dichterin so gut wie alles, was da so an dichotomischen Schemata durch die Übersetzungsgeschichte geistert („treu" vs. „frei", „wörtlich" vs. „sinngemäß", „zielsprach-" vs. „ausgangssprachbezogen", „verfremdend vs. einbürgernd" usw.) mit einem Aufschlag hinter sich oder befindet diese Kategorien zumindest für untauglich, was ihr Geschäft, ihr Handwerk angeht: Gedichte zu verfassen, entweder mit oder ohne Vorlage. Was hier wem gehört oder angehört, scheint überhaupt nicht von Belang. Da ist keine Anbetung, kein Sich-Überheben oder Unterwerfen unter das Diktat der Äquivalenz. Aber auch, umgekehrt, kein diffuses Loblied der „différance", das der aufopfernden Sorgfalt a priori abschwört. Es wird weder von der Sprache abgesehen, noch von der sprechenden Instanz, in der ein „Lebewesen" wohnt. Es ist ein Miteinander. Der aufnehmende und der gebende Part erzeugen zusammen ein Drittes: das zur Nachschrift des Textes befähigte Ich.

> Das Aufnehmen des fremden Gedichts endet,
> wenn von euch beiden, von dir und dem Original, ein Ich
> erzeugt worden ist, das das eigene Gedicht verfaßt.

Es ist, in einem von außen nicht einsehbaren Assimilationsprozess, das Gedicht selbst, das der Nachdichterin die Mittel und Wege eröffnet, um ihm zu begegnen. Die Form des Empfangens ermöglicht das Empfangen der Form.

Die Übersetzerin wird, noch ehe sie zur Urheberin eines neuen Textes wird, zur Urheberin eines schreibenden Ich. Dieses Ich wiederum ist keine Setzung, es ist das Produkt höchst anspruchsvoller Geistesarbeit. Übrigens wird auch kein Versuch gemacht, sich innerlich mit der Persona in Verbindung zu setzen, die das Werk geschrieben hat; die Verbindung entsteht vielmehr zur Figur, die lesend oder übersetzend aus dem Text hervorgelockt wird. Als anthropologisch-poetologische Präsenz gleicht sie dem „Lebewesen", das, wie Erb in *Sonanz* (2008) ausführt, „sich selbst angestimmt" hat, zum anderen ließe sie sich vielleicht, mit Inger Christensen, auch als Emanation des Gemüts beschreiben: „Was man spürt, wenn man ein Gedicht liest, sind die Bewegungen des Gemüts. Nicht nur das Gemüt des Dichters und nicht nur das eigene, sondern beide im Gedicht vermischt, als wäre das Gedicht das Neutrum des Gemüts."[3]

Ein solches „Neutrum des Gemüts" hat Elke Erb vielleicht vor Augen, wenn sie der „Figur" nachstellt, die zwischen den beiden Gedichten, jenem des Autors und dem der Übersetzerin, für Vermittlung und Ausgleich sorgt. Mit dieser besonderen Kommunikationssituation scheint zudem das „Glück" des Übersetzens zusammenzuhängen, auf das Erb ebenfalls verweist und das weniger auf Genugtuung etc. beruht, sondern der Erfahrung entspringt, die übersetzend mit dem Lebewesen gemacht wurde. Vielleicht kann man sich den Ruf des Lebewesens ähnlich vorstellen wie jenen des aus dem Nest gestürzten Vogelkinds, der in dem Gedicht „Appell" durch Mark und Bein geht:

Appell

Wie er ins Ohr dringt, dieser
an das Herz rührende Süße enthaltende, mit ihr
erbsenschotenförmig (nur gewölbter) schwellende
Ruf von da unten dem Bachbuschwerk her –

Hilferuf wohl, eines Vogels, Nestlings,
der eben jetzt aus dem Nest fiel, bestürzt sitzt
in auszehrend leerer und gefährlicher Fremde,

aus dem Nest flog eins der unzulänglichen befiederten
oder war seiner Brüter einziges Ei und hungert nun nur,
etwas über die Zeit, da alles verdaut ist, nichts weiter,

und die biologische Uhr ihm die Stunde schlägt, dringlich
weiterzuwachsen befiehlt (eine Lücke Gehorsam schreit),
Katastrophen sind in der Ordnung der Dinge,
Katastrophen sind auch Ermessenseffekte,

aber Süße ist Zufall. Jetzt ist es still, alles fließt.
Die Rufe wurden kürzer, klangen weniger schmerzlich,
wie etwas verstaubt, aber störten doch noch,

150 oder 15 Gramm Stimme bildendes Fleisch
(eine volle Stimme war es ja) haben den Hilfstrieb
in einem lesenden und schreibenden Menschen

anzuzetern die Macht, schlagen der Sorge Alarm, da unten
das wecke den Beutetrieb, etwa einer Katze, in der hübsch
schwellenden, schmerzlich süß auch ihrem Ohr tönenden
monadischen Einheit mit dem Hilfs- und Schutztrieb.

14.8.1998

Appello

Come entra nell'orecchio questo
grido che sommuove il cuore, che contiene dolcezza e con essa
cresce a forma di baccello (solo più incurvato)
già nel cespuglio-ruscello –

grido di aiuto, forse, di un uccello, puncino
appena caduto dal nido, sperduto sta
nel vuoto e minaccioso ignoto che lo estenua,

volato via dal nido poco più che implume,
oppure fu l'unico uovo covato, e ora ha solo fame,
un po' oltre il tempo che tutto è digerito, nient'altro,

e l'orologio biologico batte la sua ora, pressantemente
gli ordina di continuare a crescere (una lacuna invoca ubbidienza),
le catastrofi sono nell'ordine delle cose
le catastrofi sono anche prodotti dell'arbitrio,

ma la dolcezza accade a caso. Ora tutto tace, tutto scorre.
Le grida si fanno più brevi, risuonano meno dolorose
come un po' impoverate, ma ancora moleste,

150 o 15 grammi di carne che formano voce
(era comunque sonora la voce) hanno il potere
di sollecitare in un essere che legge e che scrive

l'istinto di protezione, e di mettere in allarme la premura, laggiù
questo ridesta l'istinto predatorio, di un gatto per esempio, nella
unità monodica graziosamente crescente, risuonante dolorosamente
dolce anche nel suo orecchio con l'istinto di proteggere e aiutare.

(Aus: *Sachverstand*, Urs Engeler 1999, übersetzt zusammen mit Alessandro Baldacci)

Beim Übersetzen dieses, man kann es ruhig sagen, herzzerreißenden Gedichts, hatte es uns vor allem der Satz „Aber Süße ist Zufall" angetan, der den Fall der ausgesetzten Kreatur wortwörtlich in den „Zufall" einschreibt – ein Beispiel für Elke Erbs vielschichtigen Umgang mit „Wortwurzeldialektiken". Als substantivische Gleichung („Süße ist Zufall") ließ sich das im Italienischen leider nicht reproduzieren, wir mussten uns mit dem Verb „accadere" („vorfallen", „passieren", „geschehen") behelfen, das ebenfalls den Fall enthält, also in etwa: „Süße passiert (fällt) zufällig". Aber was hat es auf sich mit dieser Betörung durch den Zufall, kann sie auch poetologisch gelesen werden?

Ich würde diese Frage bejahen, und hier kommt endlich der Kommentar ins Spiel, der bei Elke Erb zu den Spielformen des Literarischen dazugehört. Jan Kuhlbrodt hat dafür passende Worte gefunden: „Es fällt schwer, den künstlerischen Kommentar von der Kunst selbst zu unterscheiden, denn wenn er gelingt, speist er sich aus der Form und wird selber Form. Insofern könnte man vielleicht den Gedichtkommentar als jene eigene Kunstform begreifen, die diskursive mit ästhetischen Ansprüchen verbindet und der Hybridtext schlechthin ist."[4] Der Kommentar bei Elke Erb ist also ebenso erklärendes Korollar wie heuristisches Inventar, das den poetischen Raum einhegt und ergründet. Doch anders als bei einer diskursiv übersetzenden Interpretation wird der auszulegende Gegenstand nicht einfach objektiviert und schon gar nicht verdinglicht. Als eine Form von Framing, bei dem Einbettung und Eingebettetes sich aufeinander beziehen, verfügen Elke Erbs Kommentare über eine dezidiert dreidimensionale Komponente; just von der Sorte, wie sie beim Übersetzen von Gedichten sichtbar wird: „Keinesfalls kann ich das Gedicht übersetzen / wenn ich nicht seine Vordergründe auf mich wirken lasse", notiert sie in „Vom Nachdichten".

Auch dieser Satz oder Vorsatz liest sich außerordentlich wohltuend, nicht zuletzt, weil er gewissen Mystifikationen von „Tiefe" und „Mehrdeutigkeit", die gerade die Diskurse rund um die poetische Übersetzung bestimmen oder sogar verhindern, gleichsam die Grundlage entzieht. Er ist aber auch sehr vertrackt, beginnt man genauer darüber nachzudenken, was mit Vorder- und Hintergründen eigentlich gemeint sein könnte. Als Vordergründe lassen sich gewisse formale Kriterien annehmen, eventuell vorhandene Lautstruktur – auch wenn diese in der Regel gerade durch die viel aufdringlichere Semantik verstellt ist. Daneben lenkt die Rede von den „Vorder-“ und „Hintergründen“ den Blick darauf, was an Gedichten überhaupt einsehbar, sichtbar ist. Denn Form kann auch Aussage sein und das Ausdrückliche umgekehrt die Hintergründe deformieren. Das lässt sich im Band *Gedichte und Kommentare* gut nachvollziehen, wo die Notwendigkeit, die „Hintergründe“ zu erhellen, die Fundstücke vielleicht erst hervorbringt. Anders gesagt: Wenn Elke Erb als Leserin Elke Erbs auf den Plan tritt, um den Übersetzer zu belehren, wird sie nachträglich zur Co-Autorin ihrer eigenen Texte. Auf einer Deutungsebene geht sie mit ihnen um, wie sie vielleicht auch mit Fremdtexten umgehen würde; auf der Ebene des „Lebewesens“ motiviert sie ihre Urheberinnenschaft vehement. Und hat vielleicht nicht damit gerechnet, dass durch das mäeutische Ausleuchten der „Hintergründe“ neue „Vordergründe“ zutage treten. Dieser Gang durch das eigene Werk ist natürlich kein Spaziergang. Was Kuhlbrodt „die Bewahrung der Ausgangserfahrung“ (ebd.) nennt, bedingt die Dringlichkeit des Kommentars. Dem adressierten Übersetzer ins Slowenische wird dadurch nicht wenig Verantwortung aufgebürdet. Denn zwar könnte er, von Erbs Erläuterungen ausgehend, „theoretisch“ ein „eigenes“ Gedicht schreiben, in dem der bereitgestellte Erfahrungshintergrund auf neue, von der Zielsprache konstituierte sprachliche Prämissen trifft. Das wäre jedoch nicht in Erbs Sinn, die ihre Erklärungen oder sprachlichen Herleitungen zur näheren Auseinandersetzung mit „ihrem“ Gedicht gegeben hat. Gleichwohl das Wissen über die Hintergründe sich beständig vermehrt und ihn gleichsam in den Zustand der potenziellen Neuschrift des Textes versetzt, hat der Übersetzer nicht die Wahl. Er muss weiter Elke übersetzen mit allem, was sie ihm mitgibt, ohne Elke zu sein. Die Sache verkompliziert sich durch den Umstand, dass Verstehen beim Übersetzen selbst mit Sprache zusammenhängt: Übersetzend „verstehen“ wir nicht nur besser, wir machen auch die Erfahrung, dass das Verstehen manchmal nichts mehr zur Sache tut, wenn Vorder- und Hintergründe sich nach Maßgabe des Entstehenden neu sortieren.

Warum Elke Erb überhaupt so großen Gefallen an diesen Erklärungen findet? Vielleicht, weil sich auf diese Weise auch für sie die Gemengelage zwischen Vorder- und Hintergründen noch einmal anders dreht. Abgesehen davon liebt sie sowieso alles, was mit Handwerk zu tun hat. Als Wortarbeiterin fühlt sie sich bestätigt, wenn es da einen Stein wegzuheben gilt, dort eine neue Straße zu bauen etc. Das ist beim Übersetzen nicht anders, wenn auch weniger schweißtreibend: Eine Realität wird „bewältigt“ und in einem sprachlichen Erfahrungsraum neu verhandelt. So sind die Kommentare aus *Gedichte und Kommentare* auch keine Interpretationen, sondern eher eine Art Beschilderung oder Ergänzung zur Straßenverkehrsordnung. Fahren muss man schon alleine. Das gilt auch für die Lesenden, die ebenfalls von diesen Anweisungen profitieren.

Die Arbeit an der Übereinstimmung beschränkt sich nicht auf die Kunst des Übersetzens, sie ist Interaktion mit dem Vorhandenen in einem umfassenden Sinn. In einer früheren poetologischen Prosa heißt es ganz grundsätzlich:

> So ist es immer gewesen, mein Leben lang. Es entsteht etwas, während ich etwas bespreche, weil ich kommunizieren will, und zwar, indem ich prüfe, ob ich es richtig sage. Dabei entsteht ein Bild, und ich laufe diesem Bild nach. Du siehst mich davonlaufen, und du kriegst das natürlich zurück mit den Wellen, die auch auf mich den Reiz ausüben. Aber du bist nicht der Sender. Ich bin gleichzeitig der Sender wie der Empfänger.[5]

Das ist im Grunde eine weitere Variante der obigen „Figur"-Thematik, von Erb um den Faktor des Abwägens und Prüfens ergänzt. Geprüft wird aber nicht nur das Gesagte an der Wirklichkeit, sondern auch die Wirklichkeit an dem Gesagten. Hier schließt sich der Kreis zu der eingangs erörterten Weigerung, falsche Verhältnisse zu bejahen, die bei Elke Erb auch in mündlicher Rede stets gegenwärtig war. Was vielleicht eine letzte Abschweifung rechtfertigt: Immer wieder hieß es, Elke Erb schrieb, wie sie sprach, und sie sprach, wie sie dachte. Ich glaube, hier muss man genauer sein: Elke Erb schrieb nicht, wie sie sprach, sie hob das Sprechen auf eine neue Ebene, indem sie schrieb und umgekehrt. Und sie ließ sich auf das Denken auf eine Weise ein, die schon dem Schreiben – und innerhalb des Schreibens dem Übersetzen – nahestand. Und weil in ihrem Denken das „Lebewesen" mitsprach, war ihr Schreiben niemals ohne Gemüt und ihre Sprechweise so unglaublich mutig. Hätte Flaubert Elke Erbs Bekanntschaft gemacht, wäre er vielleicht zu dem Schluss gekommen: „Le style, c'est le Lebewesen!", und nicht: „Le style, c'est l'homme." Damit das Dichten das Denken imitieren kann, muss das Denken ein dichterisches sein. Es darf sich keine Unterbrechung erlauben, sollte aber auch nicht der lächerlichen Angst vor dem Einbruch des Nicht-Dichterischen erliegen. Es sollte alle Rezeptoren weit aufmachen, ohne das Banale zu fürchten. Darin war Erb Meisterin, denn es wurde bei ihr auch im Banalen niemals banal – vielleicht gerade, weil sie diese Angst nicht hatte.

Wiederholt habe ich mich gefragt: Lässt sich das, was da vor unseren Augen als unvergleichliches Netz-Werk entstanden ist, mit dem Begriff der „progressiven Universalpoesie" fassen? Im Ineinanderfließen, Aufeinander-Abbilden der Gattungen, in der Poetisierung des Kommentars hat Erbs Schreiben zweifellos diesen Charakter. Es war progressiv, weil fortlaufend, poetisches Kontinuum. Es war aber auch progressiv im Sinne von subversiv, weil hier keine Annahme linear auf der anderen fußt und stets das Unterste zuoberst gekehrt werden kann. Doch in der Expansion, die Erbs Dichtungsbegriff eigen war, blieb ihr Dichten auch singulär; singulär in den rückversichernden, stets nach der tragenden „Figur" suchenden Bewegungen. Noch einmal anders gewendet: Bei Elke Erb ist alles Fülle, aber die Fülle wuchert nicht. Im Träumen blieb sie sachlich und in der Fülle geradezu asketisch. Und innerhalb der Fülle zeigt oder aktiviert sich ein internes Regulativ, etwas, das sich sofort zurücknimmt, wenn die Zeichen auf Eroberung stehen. Denkend sucht Erb nicht den intellektuellen Landgewinn, sondern schlägt Haken und vollführt Winkelzüge: Sie arbeitet mit logischen Sprüngen, aber sie lässt sich nicht gehen. Sie stellt etwas hin und prüft seine Entfaltung, seine Wirkung. Sie räumt es auch nicht immer stilistisch auf, damit es uns nicht stört, sondern lässt es im Weg stehen, damit wir darüber stolpern. Was sie hinstellt, ist nicht selbstverständlich, und wenn es einmal dasteht, ist es schwer beiseitezuschieben. Also wählt die Dichterin die Flucht nach vorne. Sie schultert das Material, das der „Steinbruch" aufwirft, packt es in ihren Rucksack und trägt es unbeschwert mit sich.

Diese Schlangenbewegungen des Dichtens und Denkens haben, scheint mir, viel mit dem Wort-für-Wort-Übersetzen zu tun. „Ich spüre beim Wörtlich-Übersetzen eine eigentümliche Klarheit", schreibt Erb in einem Notat von 2012 („Mucha"), einem Mandelstam-Gedicht zugewandt. Und weiter: „Das Unfertige nimmt der Text-Präsenz etwas von ihrer Geschlossenheit/ Geläufigkeit."[6] Man könne nicht „darüber hinweglesen", nicht schreibend darüber hinweggehen. Das charakterisiert in der Tat die, in Elke Erbs Übersetzungspraxis jahrzehntelang zumeist passiv präsente, Interlinearversion: Sie ist nicht „opak", wie auch Benjamin sagt, sondern „durchscheinend". Sie macht Sprachstrukturen sichtbar, den Gesetzen von Logik und Syntax zum Trotz. Sie behauptet keine Ganzheit und lädt ein, auch bei grammatikalisch nebengeordneten Satzbestandteilen („Sinngerinnseln") zu verweilen. Sie überprüft die „Grund-Teile" des Gedichts, ohne es in der Übersetzung ausschreiben zu müssen. Als Lesart der Sprache entfaltet sie die Möglichkeiten, die im Ausgangstext angelegt sind. Sie „berät mit der Sprache" (Oleg Jurjew) und sie lässt diese ausreden. Sie hält am „Echtzeitparadigma" (Daniel Falb) fest.

Die „eigentümliche Klarheit", die zu der gewohnten Geläufigkeit quersteht, weist somit einerseits eine epistemologische (*Poesie als Erkenntnis*, wenn man so will), andererseits eine ethische Komponente auf, sprich: Elke Erbs Texte sind jederzeit daran zu erkennen, dass sie die Kette, nein, die *Etikette* der Nichtssagendheit durch ein Sagen unterbrechen, das diesen Namen verdient. Als Dichterin war Erb nämlich so sehr Übersetzerin, dass sie dem, was sie vor sich hatte, Text oder Gegenüber, stets den höchsten Respekt zollte. Sie bestand immer auf den Blickkontakt zur Wirklichkeit und hatte doch kein Problem damit, Wahrheitssuche in die Sprache und das Gedicht zu verlegen). „Daß – man – Sätze – braucht – ist – eine – Wahrheit" (*Winkelzüge*). Schreibend hat sie mit ihren Gedanken die Sprache abgetastet und umgekehrt die Sprache kraft der Gedanken. (Auch die Übersetzung tut das ihrer Natur nach, jedoch schreibt sie ihre Erkenntnisse in der Regel nicht mit, schreibt sie vielmehr in den Text ein.) Und sie wusste: Immer dann, wenn die Gedanken so klar sind, dass sie schon vor dem Kontakt mit der Sprache in vollendete Kapseln gehüllt sind, kommt der Verdacht auf, dass sie vielleicht gar nicht gedacht wurden.

So gleicht, auch wenn sich wohl kaum von einem „testo a fronte" ausgehen lässt, das Verhältnis von „Lebewesen" und Gedicht schließlich dem von Original und Übersetzung. Die Dichterin verhält sich der Welt, der „Ausgangswelt" gegenüber niemals reproduzierend oder bestätigend, vielmehr aufmüpfig, ergründend, mitgestaltend, *poetologisch*. Übersetzend an Erbs Gedichten ist somit auch, dass sie nicht zur Ruhe kommen, wenn sie „fertig" sind. Wenn wir Elke Erb lesen, können wir dem Tun ihrer Gedichte folgen, aber wenn wir sie ausgelesen (?) haben, ist dieses Tun immer noch da. Es ist da in all seinen Ebenen, mit Textstufen, die zu Teilen noch eingesehen werden können wie der Versionsverlauf in der *Cloud*. Als Dichterin, die nichts lieber tat, als ihre Denkwerkzeute an einem *Vorliegenden* zu erproben, kam das Übersetzen Elke Erb entgegen, weil da schon etwas war, auf das geantwortet werden konnte. Und weil das Übersetzen mehr als ein Nachsagen ist, war die originäre Dichterin ebenso Nachdichterin, wie die Übersetzerin Fortsetzerin des Dichtens. Nur der Ausgang der Mission ist ungewiss: „Die eigene Grundlosigkeit – man könnte sie Freiheit nennen." („Zum Thema Nachdichten").

1 Dieser Text fußt auf einer Junivers-Begegnung im LCB am 11.6.2024 und hat den mündlichen Duktus, in dem er gedacht wurde, im Großen und Ganzen beibehalten.

2 Martynova, Olga: „Ich gebe, damit du gibst." In: TEXT + KRITIK 2/2017. Elke Erb. Hg. von Steffen Popp. München: Richard Boorberg.

3 Christensen, Inger (1999), *Der Geheimniszustand und Gedicht vom Tod. Essays.* Aus dem Dänischen von Hans Grössel. München: Hanser, S. 48.

4 https://www.planetlyrik.de/elke-erb-gedichte-und-kommentare/2024/02/ (abgerufen am 16.9.2024).

5 Erb, Elke (1995), *Der wilde Forst, der tiefe Wald. Auskünfte in Prosa.* Göttingen: Steidl, S. 327.

6 https://poetenladen.de/elke-erb-text12.htm (abgerufen am 16.9.2024).

Ton Naaijkens

Elkes „Sehnsucht"

Mit Erscheinen des Bands *Kastanienallee* im Jahr 1987 erreichte Elke Erb (1938–2024) in der DDR den Status einer Schriftstellerin, die über sehr eigene Worte verfügte – außergewöhnliche Worte auch in einem Literatursystem, in dem alles zu Veröffentlichende abgesegnet werden musste. Ich erwähne diesen Band, weil die enthaltenen Gedichte mit Kommentaren versehen sind, einer unmittelbaren „verbalen Begleitung, die nicht einfach Reflexion ist, sondern das Sprach- und Erdmaterial des Textes selbst repräsentiert, wo die weißen Maulwurfshände die blinde Handlung ausgruben". Diese Worte stammen von Ulrike Draesner, die sich dazu entschieden hat, sich Elke Erb als Maulwurf vorzustellen. Über die enge Verbindung zu Tieren bei Elke im Allgemeinen besteht kein Zweifel, aber anders als Draesner (die übrigens auch ein Reh hervorhebt), würde ich *Ziegen* vorschlagen, als Lebewesen, mit denen Elke Erb sich am meisten identifiziert. Dennoch ist der Maulwurfvergleich aus zwei Gründen passend: Elke Erb geht es darum, sich möglichst tief ins Sprachmaterial hineinzugraben (sprich: Zugang, Thema, Assoziation, Gefühl), aber ebenso wichtig sind die Verwurzelung und der Boden, den sie aufwirft. Die aufgeworfene Erde als Kommentar, das Graben als kreativer Prozess, die Verwurzelung oder der Maulwurfshaufen als Gedicht. Kommt es auf das Gedicht an? Kommt es auf alles an? Auf die Übersetzung des Gedichts in Kommentar? Und umgekehrt, vice versa?

Berlin, Wedding, Schwedenstraße, vor zwölf Jahren. Einen Nachmittag lang habe ich damals in ihrer Berliner Wohnung mit ihr an Übersetzungen gearbeitet und ihr Fragen gestellt, oder einfach: mit ihr geredet – in ihrem Arbeitszimmer, umgeben von den altehrwürdigen Accessoires dieser Dichterin: Steine, Postkarten, Kunstbücher, Walnüsse, und: zahlreiche Fotos von Ziegen. Wir arbeiteten an Gedichten aus der (eindrucksvollen) Sammlung *Sonanz* von 2008. Ein Band ohne Kommentar, zumindest auf den ersten Blick, aber mit einem Untertitel, der suggestiv ist: „5-Minuten-Notate". Elke Erb erklärt, was damit gemeint ist: Eines Tages im Herbst 2002 habe Ulrike Draesner ihr gesagt, sie schreibe jeden Tag fünf Minuten lang etwas nieder. „Als ich meinte, ich könne das nicht, sagte sie: Wenn du nicht weiter weißt, schreibe einfach immer das letzte Wort, bis die Zeit um ist. Eben dies war (nicht die Ermunterung, sondern) der auslösende Reiz: das Nichts, das die Hemmung wegstrich."

In unserem Gespräch am 13. Dezember 2012 habe ich manchmal nach einem Wort in einem Text gefragt, nach einem einzelnen Wort. Elke antwortete immer mit einer ungeheuren Wortflut, in der die Worte des Gedichts durch die Erde ergänzt wurden, die sie aufgeworfen hatten. Später schickte sie mir die den Gedichten zugrunde liegenden Notizen – die eigentlichen spontanen Fünf-Minuten-Notate. Ich zitiere eines davon, den Text, aus dem das Gedicht „Sehnsucht" hervorgegangen ist – unter Beibehaltung aller Ausfransungen, Risse, Zitate, Zuspielungen:

> 2.1.04
> Ihn überreden, daß es **meint: er? unsicher! und: wird wohl nichts, Programm-Moloch droht. (Auf diesem Felde Siege wären fein & fällig)** mein Tag sei. Grüßen, sich hören lassen, münden mit ihm, ein Küssen. Uralte Übung. Zauber, Regelung, Verständnis. **Ausgeleitet von: Vögel lassen sich hören (so soll auch ich tun) zu Menschlichem, Ge-,Ver-übtem, Rituellem vielleicht.** Nicht laufen lassen, ihn binden. Ben zu bene so si gelimida sint **ben zi bena, bluot zi bluoda, / lid zi geliden, sose gelimida sîn!** Vogelflug. Ost, West. Die Grube, archaische Grube, mittig, geht zu den Toten. Stadt.
> So ist das Firmament firm. Gewiß. Nicht eigenschaftslos.
> Der Mond ist ein Zeichnen, lautlos. Der Fluß gehorsam. Das Gras überirdisch.
>
> Anmerkung 12.12.12.: sose gelimida sîn – als seien sie geleimt. Übersetzung strittig: daß sie festgefügt sind ...*

---

* Eine Übersetzung ins Niederländische:

> 2-1-2004
> Hem overtuigen dat het **denkt: hij? onzeker en: zal wel niks worden, programma/moloch driegt. (Op dit terrein overwinningen zouden zoet zijn & broodnodig)** mijn dag is. Groeten, van je laten horen, monden met hem, een kussen. Oeroude oefening. Betovering, regeling, begrip. **Uitgelokt door: vogels laten van zich horen (zo moet ik het ook doen) tot het menselijke, het geoefende, gepleegde, het rituele misschien.** Niet laten lopen, hem binden. Ben zu bene so si gelimida sint **ben zi bena, bluot zi bluoda, / lid zi geliden, sose gelimida sîn!** Vogelvlucht. Oost, west. De groeve, archaïsche groeve, middig, gaat naar de doden. Stad.
> Zo is het firmament ferm. Zekers. Niet eigenschapsloos.
> De maan is een tekenen, geruisloos. De rivier gehoorzaam. Het gras bovenaards.
>
> *Aantekening 12-12-12: sose gelimida sîn – alsof ze gelijmd zijn. Vertaling omstreden: dat ze onwrikbaar zijn*

Daraus entsteht das Gedicht „Sehnsucht“:

Sehnsucht

Ihn überreden. Grüßen. Wie Vögel sich hören lassen.
Nicht säumen. Münden mit ihm. Ritus. Wie Küssen

eintreffen mit ihm. Vogelflug. Zugvogelflug.
Die Grube, archaisch, führt zu den Toten.

So ist das Firmament firm. Es ist
gewiß. Nicht ohne Eigenheit. Der Mond

ist ein Zeichnen. Der Fluß gehorsam.
Überirdisch wächst Gras.

2.1.04*

Ein Titel kommt hinzu, man sieht die Sehnsucht mehr an sich und eindringlicher. Man sieht die Worte ein- und wegfließen, das Assoziieren, Denken, das nicht von reiner Vernunft geleitet wird, das Emotionale, Irrationale, Kreativität. Im Vergleich zum Gedicht, das das Verlangen nach einem bestimmten Mann schildert und es mit dem nahenden Tod kontrastiert, spricht die Notiz eine klarere, eindeutigere Sprache. Das Verlangen ist sexuell, der Schritt müsste zweifelsohne getan werden, aber wie soll man ihn tun? Vielleicht würden magische Formeln helfen, Zaubersprüche, Beschwörungen. Es gibt eine Reminiszenz an den zweiten Merseburger Zauberspruch, der am Anfang der deutschen Literatur steht, aber im Gedicht wegfällt. Und meines Erachtens auch Assoziationen mit der Verfasserin zeitgenössischer Zaubersprüche, Sarah Kirsch, die ein berühmtes Gedicht über unmögliche Liebe (zwischen einer West- und einer Ostberliner Person) geschrieben hat, „Der Milan“: Die Liebe kommt in diesem Vogel zusammen, der in DDR-Zeiten von einem Teil der Stadt zum anderen fliegt und von beiden Personen zugleich beobachtet wird.[1]

---

* **Verlangen** // Hem overhalen. Groeten. Je als vogels laten horen. / Nimmer dralen. Monden met hem. Rite. Net als kussen // aankomen bij hem. Vogelvlucht. Trekvogelvlucht. / De groeve, archaïsch, leidt naar de doden. // Zo is het firmament ferm. Het is / gewis. Niet zonder eigenheid. De maan // is een tekenen. De rivier gehoorzaam. Bovenaards groeit gras. // 2 januari 2004.
NB: „Nimmer dralen“ zitiert eine alte literaturniederländische Phrase, um etwas von der hintergründigen Intertextualität des Originals zu behalten.

Am 12. Oktober 2003, frühmorgens um 4 Uhr 50, notiert Elke Erb, dass sie an einem Klavier vorbeigeht und sich im Haar fingert. Warum das aus dem Notat entstandene Gedicht „Nachts halbvier am Ort" heißt, ist unklar und nur in dem Sinne wichtig, dass es Zeitangaben gibt, die kürzer wiedergegeben werden können und dass es eine Frage der Perspektive ist, ob sich etwas morgens oder nachts abspielt. Das ganze Notat lautet so:

> 12.10. (4^{50})
> ich gehe am Klavier vorbei, ich fingere im Haar, ich setze den Stachelbeerenstrauch des Winters, winters, Schneekrume, trete im Herbst mit dem Schuh **das, jetzt, Unterstrichene ist zum Sterben schön!! es geht aber weiter:** in das nässende Kraut / Laub am Weg, gedenke der Küche, übersetzt in ein Abendgeläut, Hirschgeweih nein Geäst nein Dielenverbund Akelei geheim Laub / Kraut am Weg vor November mißlich Seitentritt wo der Schuh näßt Schuhspitze vorn In den Schultern das Haus mit den mehreren Dächern wie Wimpern

Mit der Bemerkung über die Schönheit einer Formulierung wird die Suggestion einer spontan niedergeschriebenen Bemerkung untergraben, aber zugleich verstärkt sie den Eindruck des Augenblicks und das Bewusstsein, Vorarbeit für poetisches Schreiben zu leisten. Im Gedicht wird die „zum Sterben schöne" Formulierung ein paar Mal wiederholt:

Nachts halbvier am Ort

Gehe vorbei am Klavier, fingere im Haar,
setze den Stachelbeerstrauch winters, des Winters,
Schneekrume, trete im Herbst mit dem Schuh

Trete im Herbst mit dem Schuh
Nässendes Kraut Laub November,
gedenke der Küche, übersetzt in

ein Abendgeläut, Hirschgeweih oder Geäst,
mein Dielenverbund Akelei Akelei geheim
Gehe vorbei am Klavier

Trete im Herbst mit dem Schuh
im Rücken die Villa mit mehreren
Dächern wie Wimpern

12.10.03

Hier fällt auf, dass das Gedicht im 5-Minuten-Notat schon fast komplett enthalten ist. Die fett gedruckte Metareflexion wird gestrichen, ebenso einige Male „ich“; dasselbe gilt für kommunikativ hilfreiche Verbindungswörter wie „nein“ in der Formulierung „Hirschgeweih nein Geäst nein Dielenverbund“: Als wäre das Suchen nach Wörtern vorbei, sobald das Notat zum Gedicht geworden ist. Vielleicht möchte die Wiederholung von „Akelei“ kurz vor „geheim“ das Zauberspruchartige, das man von Elke Erb kennt, bestätigen. Gestrichen wird die Formulierung „mißlich Seitentritt wo der Schuh näßt Schuhspitze vorn“, obwohl sie das im Notat Unterstrichene und im Gedicht so eindringlich Wiederholte vorstellbarer machen würde: Obwohl es Nacht ist, ist das Ich draußen („am Ort“), wo es den Herbst betritt.

Im Kopf hatte ich Elkes Aufsatz zum Thema Nachdichten und daraus diese entscheidenden Zeilen: „Das Gedicht, gesehen als eine Figur im Vordergrund: / fixiert und aufgebaut aus Zeichen für Inhalte, für Gefühle, / aus Silben, Geräuschen, Klängen, / aus Tonhöhen und -längen, aus Intonationen, / aus Rhythmen, aus Wendungen, bekannten und unbekannten, / aus Ähnlichkeiten mit solchen Kombinationen.“[2] In dem Sonanzgedicht „Geisterbeschwörung I“ wird der Ort des Geschehens wiederum vage gehalten, was vielleicht erst im Vergleich zum Notat auffällt, in dem eine ehemalige Wohnadresse von Elke Erb genannt wird. Zudem verschwinden im Übergang von Notat zu Gedicht die fetten Hervorhebungen, während Interpunktion hinzugefügt wird:

Geisterbeschwörung I

Strunk. Schüsselchen, Schälchen.
Das Schuhband – von andern, Schnür-
Senkel, draußen, von früher.

Strunk. Exakt. Dachrand.
Das hohe Fenster steht kühn in den Wolken,
hinein in den sausenden Himmel,

im Sturm. Stummel. Das Kehrblech.
Aschengitter, das Ofenblech, hockender,
gebeugter kehrender Strunk, der dauernde Winter,

versunken, in sich, die Gartenlegende,
jedoch das ist mein Leib, und die gute
Katze, Bärin, mein Vorfahr, Nachfahr.

24.2.04

> 24.2.04
> Strunk. Schüsselchen, Schälchen. Das Schuhband – von andern, draußen, von früher, Strunk Genau Dachrand Meinung das hohe Fenster ist kühn in den Wolken **Eindruck Schwedenstr. unsere Seite Ecke Osloer** in den sausenden Himmel hinein stets Sturm Stummel das Kehrblech Aschengitter das Ofenblech **Selbstverständlich** hockender gebeugter kehrender Strunk der dauernde Winter geebnet das Gartenmal niemand so war es **??** es könnte Weltreich der heiße tierische Leib geordnet sich selbst meine gute Katze Bärin mein Schicksal

Die Besonderheit der zwischen Oktober 2002 und Juli 2006 entstandenen Gedichte in *Sonanz* liegt in der prinzipiellen Verzweigung jedes Wortes, genauer gesagt, jeden Lautes. Sie kann in jede Richtung gehen. „Der assoziative Ablauf beförderte eine unwillkürliche (oft leidige, weil erlittene, bevormundende) Lautleite von einem Wort zum anderen. Oder sie ihn. Unerwartet aber produzierten sie von selbst ideelle, poetologische Reize ...," wie Elke Erb in der „Vorbemerkung" zu *Sonanz* sagt. Ja, Lautleite, Geräusche, „Ähnlichkeiten mit solchen Kombinationen": wie übernimmt man das so Einmalige in einer Übersetzung? Das Dichten läuft zwar anders als in Träumen, aber doch ähnlich ab: klarer und schneller, aufregend verbunden mit Emotionen, Ängsten zum Beispiel, erotischen Interessen und allen anderen tieferen Bedingungen der menschlichen Existenz. Die umgebende Natur erhebt ihre Stimme, die Tiere reagieren, man hat den Eindruck, Zeichen von Natur, Zivilisation und Vernunft zu durchschauen. Elke Erb steht daneben und staunt über sich selbst:

> Die Inschriften unter der Haut waren hervorgerufen worden evoziert und übernahmen das Spiel ... Ich sah den Poesien zu, die sie hervorbrachten, und dachte, *ich* hätte das schwerlich zuwege gebracht.

In meiner niederländischen Übersetzung[3] lautet die erste Zeile: „Stronk. Sleuteltje, schaaltje." Das ist insofern enttäuschend, als die Lautleite zwar alliteriert, aber weniger stark, und auch die Reihenfolge der Vokale hört sich weniger musikalisch an als im Deutschen. Mit dem „Schuhband" klappt es aber, zum Glück: „schoenveter". Ein zweites Glück zeichnet sich in der Übersetzung von „Exakt" ab: im Niederländischen gibt es dasselbe Wort („exact"), aber das Synonym „strikt" sorgt für extra Betonung, extra „Intonation", weil es als Verbform das Zuschnüren von Schuhen andeutet. Sowieso kann eine Übersetzung ins Niederländische einiges von Elkes Geräuschen und Klängen – von Sonanz! – übernehmen:

Geestenbezwering (I)

Stronk. Sleuteltje, schaaltje.
De schoenveter – van anderen, rijg-
snoeren, buiten, van vroeger.

Stronk. Strikt. Dakrand.
Het hoge raam reikt fier in de wolken,
de gierende hemelen in,

in de storm. Stomp. Vuilnisblik.
Asrooster, kachelplaat, hokkende,
gebogen vegende stronk, de durende winter,

verzonken, in zich zelf, de tuinlegende,
maar dit is mijn lijf, en de brave
kat, berin, mijn voorouder, nakomeling.

24 februari 2004

Im Nachinhein sehe ich den Nachdruck auf Körperlichkeit besser, und wie sehr das Subjekt des Gedichts sich mit dem Strunk identifiziert – *vereenzelvigt*, sagt man im Niederländischen, „versinkt in sich selbst". Jetzt aber bedauere ich die Wahl von „hokkende" für „hockender": ich hätte „hurkend" nehmen müssen, als ob der hockende Strunk die Figur ist, die sich im Gedicht bückt, vielleicht um sich die Schuhe zuzuschnüren, und dabei ihren Körper spürt. „Jedoch, das ist mein Leib." Elke Erb wirft in ihren Gedichten oft einen Blick auf sich selbst – meistens mit einigem Erstaunen –, und häufig sieht sie sich in jungen Jahren, als Mädchen, das durch einen Wald streift, eine Ziege streichelt, bei den Pflanzen überlegt, was sie ihr bedeuten könnten. Auf meine Frage, was die Bedeutung der Ziegen in ihrem Leben (und in ihren Texten) sei, sagte sie, es seien sehr neugierige Tiere; wenn sie auf dem Weg in die Schule war, kamen sie immer zu ihr, wenn sie vorbeiging.

Das Bild eines Maulwurfs taucht wieder auf, wenn das überirdische Gras bemerkt wird. Inzwischen hat sie die Merseburger Zaubersprüche übersetzt, sich an Hölderlin erinnert und ihn sich in der Zeile „der Mond ist ein Zeichnen" angeeignet. Nicht nur aus dem, was sie liest, übersetzt sie, auch aus dem, was ihr widerfährt. Sie übersetzt im wahrsten Sinne des Wortes, maulwürfisch, ständig neugierig wie Ziegen. Der Dichter Gregor Laschen entlockte ihr 1988 auf die Frage, wie sie ihren spezifischen, eigenen Tonfall weiterhin beherrschen könne, Folgendes:

> Weißt du, ich glaube, daß das ja nicht so aus dem Bauch kommt. Ich habe eine große Erfahrung im Nachdichten, wobei du sehr gefordert bist, wenn ein lebendiges Gebilde von Gedicht vor dir steht, und das mußt du jetzt erreichen. Das ist eine phantastische Schulung, eine phantastische Schulung zum Lesen, und dann lernst du bestimmte Dinge. Da ist es dann unfaßlich, wie du das erreichen kannst: eine Winzigkeit verrückt, und schon stimmte es. Und das geht in eine – nur nicht benennbare – Erfahrung über. Ich würde sie nicht Routine nennen. Jetzt ist es sogar so, daß die Schmerzen dabei sich verloren haben, so daß, wenn ich jetzt nachdichte, das, was am Ende dasteht, und ich weiß nicht, wie es gekommen ist, als ob es in der Luft zusammenfliegt.[4]

Im Vogelflug, ja. Wie die Liebe die Menschen zusammenbringt, so fügt die Dichterin die Töne zusammen, um diesen vorbeifliegenden Vogel dennoch festzulegen.

1 Aus dem Band Rückenwind (1976): Der Milan // Donner, die roten Flammen / Machen viel Schönheit. Die nadligen Bäume / Fliegen am ganzen Körper. Ein wüster Vogel / Ausgebreitet im Wind und noch arglos / Segelt in Lüften. Hat er dich / Im südlichen Auge, im nördlichen mich? / Wie wir zerrissen sind, und ganz / Nur in des Vogels Kopf. Warum / Bin ich dein Diener nicht ich könnte / Dann bei dir sein. In diesem elektrischen Sommer / Denkt keiner an sich und die Sonne / In tausend Spiegel ist ein furchtbarer Anblick allein.

2 *Der wilde Forst, der tiefe Wald. Auskünfte in Prosa,* Göttingen: Steidl 1995, S. 103

3 Publiziert in der *Berlin*-Ausgabe der Zeitschrift *Terras,* Amsterdam 2013, S. 13–26, hier S. 18.

4 Elke Erb, *Nachts, halb zwei, zu Hause. Texte aus drei Jahrzehnten,* Leipzig: Reclam 1991, S. 189.

Elke Erb

Jaworow*

(Beschreibung eines Mißlingens)

Frag mich nicht

Frag mich nicht, liebe Mutter,
Wovon (durch was) ich (so) scharf (bitter) verwundet bin,
Wo meine männliche Kraft abgeblieben ist,
(So) Daß ich dahinschwinde (-sieche, -welke) von Tag zu Tag.
Doch gib (mir), Mutter, gib mir deine Hand,
Lege sie (mir) auf die verwundete Brust
Und erzähle etwas – bewahrt (bezieht sich auf: etwas) in der Seele
Aus der Vergangenheit –:
Sag, wie ihr damals weintet,
Wenn getäuschte (verratene) Liebe
Die Herzen (ver-)brannte: Bis zum (Selbst-)Vergessen
So zu weinen bin ich bereit.
Sag, von finsterem Bösen (Übel) unterjocht (geknechtet),
Auf was ihr damals legtet (bautet)
Dumme (widersinnige) Hoffnungen – sag mir (das),
(Dann) Ich würde glauben an Dummheiten (Widersinnigkeiten)
ebenfalls.

Wiederholt habe ich mich bemüht, dieses Gedicht zu übertragen, jedes Mal entzog es sich – unangreifbar, unnahbar, jedem (tapferen) Versuch unerreichbar. Unerreichbar, während es mich erreichte; unnahbar, weil – eine meinen deutschen Worten sich nicht ergebende – Nähe sein Werk ist.

Auch meine anderen Übertragungen von Jaworow-Gedichten waren nicht leicht. Zunächst begegnete mir in ihnen das Pathos, die Heroik des bürgerlichen Freiheitssängers. Der Verödung, die mich von solchen „Höhen" aus meiner deutschen Erfahrung mit ihnen immer noch heimsucht, war ich indessen früher mehr als einmal mit einem mutwilligen Schritt zur Geduld (wie an einem bösen Zauber vorbei) entkommen, und dem Leiden und dem Stolz des fremden Gedichts zuliebe hatte ich der Übertragung jenen geheimen Reiz ge-

* Jaworow (Pejo Kratcholow), 1778–1914 (Selbstmord), nahm 1902/03 am Befreiungskampf in Makedonien teil; einer der bedeutendsten bulgarischen Lyriker und Dramatiker, gilt als Mitbegründer des Symbolismus in Bulgarien.

winnen können, den die minimale Überwindung erlangt. In Jaworows Versen zudem sang fühlbar nicht die bedrohliche „eiserne Lerche“ (Heines Wort über Herwegh), sondern (nur mit der Erlaubnis des Shakespearschen Dualismus gesagt) – die Nachtigall. Da war das Pathos – und zugleich die Rettung im Ton? Rhetorik, aber verwandelt, verschmolzen zu – Jaworow. Die Verwandlung zog an, zog mich mit.

Hier jedoch kam ich nicht mit. Und gab auf. Entwürfe:

Nein, frage mich nicht, Mutter, liebe _I_I_I_I_

(Zum ersten Vers suche ich wegen des Reims den dritten:)

die männliche
die Kraft des Manns
wo blieb sie
geblieben _I_

(Im dritten Vers scheint das Reimwort gesichert.
Der zweite, der nächste Bruder des ersten:)

welche bittere Krankheit
was mich so bitter elend macht
warum ich jetzt so elend bin

(keine Aussicht auf ein eventuelles Reimwort im vierten Vers, ich suche)

was mich verwundet haben mag
so elend machen mag

(Das Reimwort – *Tag* – ist erreicht; ich bin nicht zufrieden, aber jetzt wird der dritte Vers geläufig und hebt den vierten hervor:)

wo meine Männlichkeit geblieben
*daß (*getilgt: *welker) siecher ich von Tag zu Tag*

(daß der Vers mit einiger Sicherheit steht, gibt mir die Freiheit, das Wort *siecher* zu diskutieren. Es wäre eine Rettung, könnte ich es schaffen, *siecher* zu sagen.)

daß jeder Tag mich ... sieht
welker (getilgt, darüber:) *kränker*
(getilgt, darunter:)
schwächer (getilgt)
siecher

(*sieht* entscheidet flugs über den zweiten Vers, so daß ich die infragekommenden Verse mit Zahlen bestimme:)

1 *Nein, frage mich nicht, Mutter, liebe,*
2 *welch bittere Wunde in mir glüht,*
3 *wo meine Männlichkeit geblieben,*
4 *daß jeder Tag mich kränker sieht.*

(Keine Entscheidung über *kränker* oder *siecher*.
Ich bin von den ersten Versen nicht überzeugt, versuche es aber weiter „auf die Tour" :)

Doch deine Hand gib mir stattdessen
leg auf die Stelle
wo in der Brust die Wunde *sitzt*
brennt

(*sitzt* wäre mir lieber: radikal-real; *brennt* nach *glüht* in Vers 2 ist zu bejahen als bestätigendes Wiederholen, Verifizieren. – Wie stehen wir uns mit den Reim-Partnern?:)

Von etwas sprich (Von etwas mir), das unvergessen
dir unvergessen
dir die Seele aufbewahrt
leg mir stattdessen
die Seele
du in der Seele birgst, erzähle *geschah*
die Seele dir bewahrt erzähle *geschehn*

Gib, Mutter, deine Hand
Laß *mich nehmen* *wund*
Grund
hier auf die wunde Brust
Sprich mir von etwas, was versunken
was das Leben
vom
tief in der Seele du verwahrt

Er will nicht klagen und nicht, daß seine Mutter leidet seinetwegen. Er will, daß ihm die Mutter ihre Hand gibt, daß sie sie auf die wunde Brust legt. So soll die Mutter sprechen zu ihm; von dem Vergangenen, von der in der Seele verwahrten Trauer spreche sie zu ihm. Ihre Seele verschließe das Erlittene nicht. Mit seinem Weinen will er es tragen in einem Strom (sich selbst nicht verschließen/verwahren gegen es). Den Fluß des Vergessens nicht fortgehen lassen im finsteren Reich, ihn umkehren, umlenken zu sich, in die eigene Jugend. Die eigene Enttäuschung nicht gelten lassen, bleibt sie fremd der vergangenen. Der Torheit und Hoffnung, Hoffnung und Torheit der Früheren angeschlossen sein, sie glauben, wieder.

Warum ließ sich das nicht übersetzen?

Worte sonst – haben auch Trotz in sich, einen Widerstand, mit dem oder gegen den sie gesetzt sind. Heroische Worte z.B. haben etwas Starres, an dem sie sich entflammen, Worte der Liebe im Vers geben, was Liebe hervorruft. Zum erstenmal nach all meinem Nachdichten fand ich den Gegenstand nicht, dem die Härte der Arbeit entspricht; nicht konnte ich die Worte in ihrem muttersprachlichen Einverständnis und in ihrem Einklang mit dem muttersprachlichen Volkslied wiedererkennen an irgendetwas in deutschen Worten, begreifen, ergreifen, als deutschen Sinn-Klang / Klang-Sinn wiederfinden in diesem Einverständnis, das ihre Natur und Kunst ist. *Diese* Worte hätten mir wohl wie von selbst kommen müssen, vielleicht in einer anderen Zeit oder einer anderen Sprache oder einem anderen Ich.

Simulation drohte, ein Gespenst, das nicht zu vertreiben war, so daß ich im Schutz des *Mutes* begann und mutiger noch über die ersten Zeilen hinausging. Mut, nicht Leichtsinn, denn es ist möglich, weiß ich, daß das Ungelöste, Scheinbare, mit seinem blassen Papiergesicht, seinem Elend – von der Güte der folgenden Zeile erlöst wird (und solche „wundersame“ Rettung erhöht als „Zutat“ das Glück des Geglückten noch). Aber die folgenden Zeilen gelangen noch weniger ...

Andreas Tretner

Segen des Scheiterns. Reichtum der Not

Zum Beispiel Jaworow: Verstehendes Übersetzen bei Elke Erb

1

Mit dem Lektorat für einige (süd-)osteuropäische Literaturen im Reclam-Verlag Leipzig übernahm ich Anfang 1988 ein schon recht weit gediehenes Lyrik-Projekt: das Lebenswerk des in Bulgarien bis heute hoch angesehenen symbolistischen Dichters Pejo Jaworow, von ihm selbst in einem Band mit dem Titel *Den Schatten der Wolken nach* (1910) der Nachwelt verfügt. Freischärler und verruchter Poet, ein zutiefst gespaltenes poetisches Ich; komplizierter Brückenschlag zur europäischen Moderne, den der Ostberliner Herausgeber, Dissident und Privatgelehrte Norbert Randow mitten in die Endzeit der DDR herüberzuziehen beliebte.[1] Beteiligt waren elf Übersetzerinnen und Übersetzer[2] – neun davon Autoren, der Lyrikszene des Prenzlauer Bergs bzw. der sächsischen Dichterschule mehr oder weniger zugehörig. Elke Erb war mit vier Gedichten dabei.

Der auffälligste Beitrag war eine Leerstelle: Erb lieferte (irgendwann im bleiernen Sommer 1989) in einem Fall anstelle der Übersetzung einen Kommentar, der das Scheitern dieser Übersetzung dokumentierte. Das war gewagt und in mancher Hinsicht einmalig; wir setzten den Text an die Stelle des Gedichts – nicht notgedrungen und nicht nur, „um den Automatismus, mit dem ‚der Leser' Nachdichtung gemeinhin gleich Original setzt, zu brechen", wie ich der Übersetzerin damals schrieb; die enthaltenen Erkenntnisse zum Autor im speziellen und zur „deutschen Sicht" auf ihn im allgemeineren waren äußerst willkommen, in ihrer Prägnanz dem Begleitwort des Herausgebers mindestens ebenbürtig. Eine Antwort indes, die zentrale, schien der Text uns trotz alledem schuldig zu bleiben: woran die Übersetzerin tatsächlich gescheitert war.

Lässt sich das heute, 35 Jahre später, in Kenntnis ihres Werks und der reifen Übersetzungsbiografie, genauer bestimmen?

Deutlich macht Erb zu Beginn ihres Kommentars: Der Text hat sie erreicht, er interessiert, greift sie an, ein „vielfädiges, vieldifferentes Geflecht von Verbindlichkeit und Bindung zu dem fremden Gedicht" ist hergestellt – trotz aller gleichfalls benannten kulturellen Distanzen und Barrieren, die der Nachempfindung und dem Nachvollzug im Deutschen entgegenstehen, wenn nicht ihretwegen – und sie schildert gegen Ende absolut schlüssig und präzise, wie das Gedicht ihrer Meinung nach zu verstehen ist. „Die Voraussetzungen waren klar, die Verhältnisse auch, mir blieb die Aufgabe der Vermittlung", rekapituliert sie später in einem Interview.[3]

Doch der in extenso dargestellte Verlauf der konkreten Textarbeit („Entwürfe") im mittleren Teil spiegelt den Vorgang des Scheiterns nicht recht wider: Er führt die erwartbaren handwerklichen Mühen der Ebene vor, Suchbewegungen insbesondere anhand der Reimanforderungen, was als Verfahren durchaus nicht in Frage gestellt wird[4], den zäh mit sich und dem Text ausgehandelten Fortschritt – um schließlich unversehens abzubrechen, aufzugeben an einer Stelle, die nicht aussichtsloser scheint als alle überwundenen zuvor. So als hätte es letztlich nur an Geduld gefehlt, am Glauben an das gute Ende. (Wäre dem so – dieser Kommentar wäre wohl nicht entstanden.) Und ihre anderen drei Jaworow-Gedichte im Band – ähnlich anspruchsvoll in der Engführung von auffahrendem Pathos und Endzeitdämmerung – warum hatte sie sie in der ungefähr beschriebenen Weise fertig übersetzt und ließ sie gelten?

Brief an die Lektorin 1984: „Ich freue mich, daß wieder ein Jaworow fertiggeworden ist. Das Gedicht ‚Frag mich nicht' ist Glückssache."[5] Näheres im Interview um 1987: „Zum Beispiel dieses Gedicht mit der Mutter, ich hab es nicht übersetzen können. Ich wollte, aber ich konnte nicht. Wie oft hab ich es probiert, hab mich mit Leuten getroffen, die mir Material in die Hand gaben, um mich mit den Liedern der bulgarischen Folklore vertraut zu machen, in denen Mutter und Sohn miteinander kommunizieren, es ist trotzdem nichts geworden. Dass da noch etwas draus würde, müsste ein Wunder geschehen. Dieses Wunder ist nicht außerhalb von mir, aber es muss einfach passieren ..."[6]

Glückssache, Wunder. 1989, als sie den Kommentar schreibt, lässt es sich offenbar immer noch nicht genauer fassen. Man darf sogar annehmen, dass dieser Umstand aufgezeigt werden soll: So wenig wie der Resonanzfall logisch herbeizuführen sei, so wenig sei er in seiner Entstehung, geschweige denn im Ausbleiben abzubilden – kein Making-of in den neuralgischen, den entscheidenden Punkten. Doch sie wird nicht müde, dahinterschauen zu wollen.

Der große Kommentar „Zum Thema Nachdichten" ist nur wenig später entstanden: Liegt dort der Schlüssel zum Verstehen – wie zu so manchem in Erbs Poetologie des Übersetzens?

Ihr Maß der Dinge ist eingangs auf den Punkt gebracht: Das fremde Gedicht „schreiben – in meiner Sprache / so, wie es in seiner Sprache geschrieben ist". Es schreiben „mit jenem Ich, / das es in dir, aus dir hervorgerufen hat, / als ob es dein eigenes sei." Andernfalls drohe Simulation (hier „übersetzen-imitieren" genannt). Gemeint ist wohl: ohne eigene, innere Stimme zu operieren („das bin nicht ich, die das sagt"). Für Erb ein Gespenst, das es auszutreiben gilt. Dass Übersetzen per se, konstitutiv eine „als ob"-Konstellation wäre, gehört nicht in ihr Konzept.

Auffällig im Vergleich zum Jaworow-Kommentar: Auch hier liegt der Fokus auf dem scheinbar fruchtlosen Mühen. Dort um einen einzelnen Text, hier um das Ideal „zwanglosen" Übersetzens im Ganzen. In diesem Fall belohnt, im anderen nicht. Hier auf das Ausführlichste, selbst aus sozialpolitisch und individualpsychologisch gefassten Zwangslagen, hergeleitet. Die Erlösung – von der fortwährenden „Nötigung", dem Hader mit sich selbst – wird erst ganz am Ende der 20 Seiten, beinahe verschämt in wenigen Zeilen, erwähnt und nicht näher ausgeführt – wie um es nicht zu „beschreien".

„Erst muß die Not vollendet sein, ehe du sie wendest. / Die volle Not, das ist die Fülle, die dir Sicherheit gibt."[7] Denn, und das scheint die Crux beider Texte und der ganzen Erbschen Übersetzungsphilosophie: „Je näher die Nachdichtung / an das Nichtübertragbare gerät, // desto sicherer kann sie nicht nur Übertragung sein, sondern von dem Fremden auch, wortlos natürlich, sprechen."[8]

Nur ein Symptom nennt sie, durch das der Erfolgsfall, die Wende, „mein Glück", sich damals (beim Übersetzen von Zwetajewa-Gedichten, also Ende der 1970er Jahre[9]) ankündigte: „Auf einmal wirkte die Arbeit nicht mehr mit Qualen. / Es war Stille zwischen mir und den Texten."[10] Stille! Das wirkt als singuläres Indiz etwas obskur und wirft neue Fragen auf.

Denn auch an Jaworows Texten war ihr dieses Phänomen aufgefallen – und wurde als Attraktion empfunden: „Um Jaworows Klänge herum empfinde ich eine ungewöhnlich dichte Stille ... so als ob eine Stille dicht sein könnte. Worte, die in Stille enden, von Stille umgeben sind. Das gefällt mir sehr."[11]

Was meint diese Stille, meint sie beide Male dasselbe?

Was sie – nach allem, was wir von ihr wissen – ganz sicher nicht meint: dass die Texte ihr nichts sagen. Vielleicht geht es um die Ermöglichung „ruhiger Aufnahme der Signale, unvoreiliger Annäherung"[12] – ohne den als fatal erkannten zwanghaften Affekt, „mich mit dem Hervorgebrachten gleichzusetzen".[13] Soweit diese Bedingungen durch das Original beeinflusst, suggeriert werden, könnte es an einer gewissen, vorläufigen Unnahbarkeit liegen, einem erratischen Eindruck, respektierter Fremde als „Spielregel", die Kehrseite des erwünschten „Anfangsnichts". Fremd genug, um in seinen Sog zu geraten.

Wie es so ausnehmend plastisch und schön in „Zum Thema Nachdichten" formuliert steht: Sie fange mit purer Unkenntnis an, „unwissend, und regsam / wie die Neugier der Schafe am Zaun der Hühnerfarm: / Was haben sie, was machen sie, was ist mit ihnen, / mit diesen Wörtern da? [...] Dafür brauche ich das Anfangsnichts, / daß ich wahrnehmen kann, was da ist." Das ist ihr bevorzugter Weg.

Ein interessanter Nebenaspekt: die Interlineare[14]. Verwunderlich, dass sie in Erbs Übersetzungs-Metatexten unerwähnt bleiben, keinerlei Rolle im Ablauf spielen.[15] Könnte doch ein Problem sein, dass eine fremde, dritte Stimme –

und sei sie noch so zurückgenommen, auf Vermittlung aus – sich einmischt, Einfluss ausübt, Voreinstellungen vornimmt.

Klar ist: Die Methode „Schaf vorm Hühnerzaun“ funktionierte ohne Interlineare besser als mit (also praktisch gesehen in der Prosa besser als in der Lyrik) – doch war aus Interlinearen, die wörtlich blieben, Wortfolge abbildeten, zumindest ein ähnlicher Effekt zu beziehen. (Erb hat mit dieser Form experimentiert: Ihre „Oberflächenübersetzungen“ von Mandelstams Kindergedichten[16] sind Interlineare der gehobenen, sinnfälligen Art.) Kann also sein, dass sie sie nicht zwingend benötigte. Lax gesagt: Bekam sie keine, machte sie sich selber welche.

Bleibt immer noch die Frage: Was hat die Vollendung dieser einen Jaworow-Übersetzung verhindert? – „Frag mich nicht.“

Ein diskreter Hinweis, eine Spur immerhin im Interview: „Es war auch sein [Jaworows] persönlicher Schmerz. Der dich nicht an sich heran lässt.“ War das die „meinen deutschen Worten sich nicht ergebende“ Nähe?

Denkbar größte Intimität der Konstellation, in der denkbar größten Pein ihrer Vergeblichkeit: Heimkehr zur Mutter als Flucht, Regression in die alten, heroischen Muster – Dichtung und Leben zu synchronisieren, wenn schon nicht im befreienden Kampf, so in der Verschmelzung mit der althergebrachten Dreieinigkeit von Heimat, Mutter und Geliebter ... War die Übersetzerin, nach so viel Annäherung, auf einmal die Dritte im Raum, den sie fluchtartig verließ? Stieß hier die gesuchte professionelle Identifikation an eine Grenze, die das ganze Unternehmen zum Abbruch führte? Eine Spekulation. Und wäre dem so – wäre sie so weit gegangen, so nahe gekommen – könnte dann nicht das Scheitern des Dichters, thematisiert im Gedicht, von ihr symbolhaft, auf Metaebene, vorgeführt, im empathischen Vollzug „performt“ worden sein? ...

Erübrigt sich am Ende zu sagen, dass der Text vom Misslingen einer Übersetzung eine typisch Erbsche Art derselben ist.

2

Erb war mit Norbert Randow schon seit ihrer Hallenser Zeit bekannt, als sie – nach dem Weggang vom Mitteldeutschen Verlag 1966 – freischaffend wurde und beinahe sogleich zu übersetzen anfing. Der erste überlieferte Brief an ihn handelt davon:

> *Liebster Kollege Randow! Den Teufel auch! Jetzt habe ich aber einen schweren Text zu übersetzen. Ein Dichter, wie er nachspürt, wie er in die Wirklichkeit hineingelangt hat und sie ihn zu fassen kriegten, solche Dämmerungen, Zugerinnerungen, Holzhäuschen. Und Rilke gewidmet. In Bezug auf die Leichtigkeit und Lebhaftigkeit so wie Bruckner stellenweise, also gar nicht. Aber zwischenhinein, wo nicht sich mit*

nichtmenschlichen Wesenheiten verbunden wird, entzückende Wahrheiten, gut, dass die mal gesagt werden, und Feinheiten. „Denn edlen Seelen nachzufühlen, sei wünschenswertester Beruf", kann da der Übersetzer (in Anlehnung an bekannteres Original) nur ausrufen, wobei er sich selbst um seine künftigen Leistungen an dem Text beneidet, denn sie werden schon etwas sein müssen, was sich seine Leichtfertigkeit (ich rede in diesem Fall von mir) noch nicht hatte abringen lassen. Nein, jedes Huhn, sofern es nicht der Sperber schnappt, nicht halten kann und fallen lässt, so dass es im Roggen verfault, wird einmal gegessen. So verbleibe ich mit zuvorkommenden Wünschen für Ihre Gesundheit, Ihre Elke Erb.[17]

Von Boris Pasternaks *Schutzbrief* ist die launige Rede, ein Auftrag für den Reclam-Verlag.[18] Zwetajewas *Puschkin und Pugatschow* (1978), von ihr als „Gesellenstück"[19] bezeichnet, war also bei weitem nicht ihre erste Übersetzung.[20] Vielleicht die erste, die sie im Nachhinein gelten ließ? Beides jedenfalls „nicht gelesen, sondern übersetzt"[21]! Das klingt paradox und ist konzeptuell wörtlich zu nehmen: Um ihn übersetzen zu können, durfte ein Text noch nicht verstanden sein – genauso umgekehrt: Ihn zu verstehen, musste er übersetzt werden.

Pasternaks und Zwetajewas autobiografische Prosa waren Glücksfälle in Erbs übersetzerischer Frühphase, denn sie eigneten sich für ihr Vorgehen nahezu ideal. Ersterer zeigt die Kunstwerdung seines Lebens durch viel subjektive Phänomenologie – mit Hang zur „Erstbenennung", gestützt durch die „Anwendung eines dynamischen Satzbaus für revolutionäre Aufgaben", wie einige Futuristen, die sich damit auskannten, ihm programmatisch bescheinigten. [22] Das gab der Intuition Raum und Futter. Allein schon die Entdeckung der „kopflosen", meint: subjektlosen Sätze – im Russischen möglich[23] , bei Pasternak forciert –, geriet für Erb zur Offenbarung und provozierte den angemessenen syntaktischen Thrill. Um nichts geringer Zwetajewas Aplomb, mit der sie auf Gegebenheiten ihrer Sprache einging, sie „beim Wort nahm".

Am Ende schien erstaunlich genau auf Erbs Weise, in der sie Pasternak und Zwetajewa übersetzte, zu passen, was Rilke an Zwetajewas eigenem, ungebärdigem Deutsch – in ihren Briefen an ihn – so affiziert hatte: „... wie die Schritte von einem, der eine Steintreppe mit ungleich tiefen Stufen abwärts kommt und nicht ermessen kann im Herabsteigen, wann sein Fuß in's Aufruhn geräth, jetzt schon oder plötzlich erst weiter unten, als er dachte. Welche Stärke [...], auch in dieser Sprache [...] genau zu sein und Du."[24] Oder zuvor in einem ähnlichen Bild: „wie erstaunlich, wenn der Würfel Deines Worts, nachdem der Wurf schon ausgerufen war, noch eine Stufe tiefer fiel, die ergänzende Zahl zeigend, die endgültige (oft noch größere)".[25]

Und symptomatisch die Reihenfolge, in der Erb im Fall Zwetajewa vorging: Zuerst wurden Gedichte, dann die Prosa, dann neue Gedichte übersetzt – und erst am Ende, ein Jahr lang, das Gedicht-Werk im Ganzen studiert und analysiert, woraus jener so gründliche wie ausufernde Werkstatttext[26] für Reclam hervorging („Weg und Steg durch das Werk" bahnend, sich von Vers zu Vers hangelnd, die Zitate in Interlinearen: „Mit Nachdichter-Zeilen [es meint die eigenen! – A.T.] hätte ich nicht arbeiten können."[27]). Übersetzen ging vor Studieren! Eine Form unmittelbarer Kenntnisnahme des Werks und Auseinandersetzung mit ihm – und gewiss keine sonderlich analytische.

3

Der vielfältige kommunitäre Austausch und Zusammenhalt in der nichtoffiziellen Künstler- und Literatenszene Ostberlins vor 1989 ist Legende. Norbert Randow als unübertroffener Kommunikator war einer ihrer verlässlichen Akteure und Gestalter – „von allen Wundern der Steuermann" in einem Gedicht von Brigitte Struzyk. Zwanglos und ad hoc sich ergebende Kooperationen machten auch um das Übersetzungsgeschehen keinen Bogen. Eine Zeitlang sah sich Randow – aus reiner Freundschaft – sogar brieflich in Erbs Recherchemühen einbezogen. Die Fragen an ihn erscheinen indes – bei aller zu konzedierenden Einschränkung in internetloser Zeit – so simpel, dass man vermuten muss, dass der Dialog „an sich" das Spiel mit den Worten beförderte – geselliges Blindekuh-Spiel am Hühnerzaun!

> *Lieber Norbert, Du bist aber lieb und klug, son richtiger Freund, man braucht sich von seinen Sorgen beileibe nicht drücken lassen, er nimmt sie einem ab. Kriegst auch einen Durchschlag geschenkt! (Wir haben keinen Atlas.) Wo liegt denn Kertsch rum? Krüm?*[28]

Oder, auf der Rückseite eines westdeutschen Feinstrumpfhosenverpackungskartons mit viel Bein:

> *Lieber Norbert, wenn Du Dich an umstehendem Arrangement sattgesehen hast, schreib doch bitte die Sache Balkon Chagarine[?]-Froschschenkel-Galvanisieren auf, so wie Du sie uns gesagt hast, ich habe es nicht behalten können, das Fadengehänge war zu fein, bitte, bitte, was sagt man / Du [zu] Dir, damit Du verstehst, daß man Dich bittet? Du brauchst bloß döselig sachlich hinschreiben ohne weiteres Hingucken, und gibst mir das, Bitte. Ich will es so gern haben. Deine Elke*[29]

Diese Art Korrespondenz endete bald wieder, wurde wohl durch das Telefon ersetzt.[30] Doch es blieb dabei, dass der Dialog in Erbs Übersetzungstätigkeit als Korrektiv oder Katalysator ihres kreativen Mutwillens zunehmend integrativ Bedeutung gewann, ohne ihn zu beschädigen oder gar außer Kraft zu setzen. Nicht zufällig wurden Tandem-Übersetzungen bei ihr später immer häufiger das Mittel der Wahl: mit Sergej Gladkich (Leonow, Samjatin), Marianne Frisch (Rosmarie Waldrop), Uladsimir Tschapeha (Ales Rasanau) und ausgiebig in hoher Schule mit Olga Martynova (Oleg Jurjew, Elena Schwarz u. a.).

Seligkeit klang an, als Elke Erb bei einem besonders vertrackten Fall vermittelter Übertragung – ein altpersisches Epos war über den Umweg einer 800 Jahre alten anonymen Übersetzung ins Georgische in ein zeitgenössisches Deutsch zu übertragen – als Vierte, in der Rolle der Redakteurin, ins Boot stieg: „An die Stelle jener Nötigung, die Möglichkeiten der eigenen Sprache zu aktivieren, traten (auch mit dem Segen der Kollektivarbeit!) die Anregungen und Vorschläge der Partnerinnen, die ich [...] zu ermöglichen (zu harmonisieren) hatte.“[31] Insbesondere, war sie überzeugt, gehe man beim Übersetzen über Eck und Bande der drohenden Verringerung des Wortschatzes gegenüber dem Original aus dem Weg – was durchaus nicht translationswissenschaftlicher Konsens ist.

4

Lieber Herr Randow,
den ich ja doch wohl einmal Norbert nennen werde, – während das Bett lüftet, wende ich mich an Sie mit der Bitte, herauszubekommen, ob die lateinische Segensformel Vivat floreat crescat so wie ich sie hier aufgeschrieben habe richtig ist, auch, bitte, wie die Hl. drei Könige heißen und welcher von ihnen der Schwarze ist, der Mohr ...[32]

Vivat floreat crescat ist Erbs kleiner Neujahrstext von 1969, worin die drei Könige taten, was um diese Zeit für sie zu tun war, und heimkehrten in ihr Königreich, „jeder in seins wie du ins Büro“. Doch werden in Erbs Texten ja meist mehrere Geschichten miteinander verhandelt, und so auch diese: „Die Taube fuhr auf einem Pferdefuhrwerk ... Sie hielt vor dem Thüringer Hof, und die Dienerschaft stürzte hervor. Sie stieg aus, und der einäugige Hofhund hob schon die Pfote, zu heimlichem Lachen bereit. Die Taube aber schritt hinein, ohne auch nur jemanden eines Blickes zu würdigen, denn von der weiten, weiten Fahrt war sie viel zu erschossen.“[33]

Puschkin hätte die Übersetzer gar nicht als Postpferde der Aufklärung bezeichnen und der Lektor von damals (na gut: 1988) sich nicht betroffen im einäugigen Hofhund wiedererkennen müssen, damit klar wird: Dies ist ein frühes Selbstporträt Elke Erbs – als Wortsteinbrucharbeiterin.[34] Mit noch anderen ihren Worten: Von der Neugier des Schafes am Hühnerzaun bis das Huhn gegessen wird, ist es ein weiter, weiter Weg, an dessen Ende die Taube wie erschossen ist. (Denn natürlich ist sie dabei – viel! – geflogen.)

Und der Brief an Randow endet so:

> *... Sie können später den Text, in dem beides vorkommt, erhalten; es ist zwar keineswegs so bedeutend wie sonst alles, doch von Elke Erb. Künftige Zeiten werden bekümmert sein, sie nicht gekannt zu haben, wenn auch diese ihr [ihnen] den Rücken, von dem der Putz fällt, zukehrt. Nun wünsche ich Ihnen viel Geld in den Hutrand für dieses Jahr, daß Sie sich lustig machen können und Ostern nicht zu Hause bleiben müssen.*

1 Das Reclam-Buch, Anfang der 1980er konzipiert und begonnen, wurde erst 1990 druckfertig und gehörte prompt zu den ersten nach „Heimholung" des Leipziger Stammverlags ins Stuttgarter Haus ausgemusterten, „perspektivlosen" Titeln; erst 1999 anlässlich des Bulgarien-Schwerpunkts der Leipziger Buchmesse brachte die Leverkusener Kleinverlegerin Christine Weihermüller das Buch auf den Markt.

2 Einen fremdsprachigen Dichter, eine Dichterin von einem Dichterkollektiv, besser: „-konglomerat" übersetzen zu lassen war eine durchaus DDR-typische Besonderheit, die insbesondere osteuropäische Lyrik betraf und, historisch gesehen, von Stephan Hermlins legendärer Attila-József-Werkstatt 1958 ihren Ausgang nahm. Neben Fritz Mierau bevorzugte auch Norbert Randow dieses Verfahren. Dem kam entgegen, dass sie beide Netzwerker waren und einer agilen Künstler- und Literatenszene zugehörten.

3 Das unveröffentlichte Interview hat die Sofioter Übersetzerin Gergana Fyrkova, damals Germanistik-Studentin, um 1987 mit dreien der Jaworow-Übersetzenden – neben Elke Erb Brigitte Struzyk und Stefan Döring – in Berlin geführt, es ist als Mitschrift auf Bulgarisch in Randows Nachlass erhalten. Übers.: A.T.

4 In ihren frühen Lyrik-Übersetzungen – Bedny, Blok, Brjussow, Jessenin – reimte Erb konsequent und sorgfältig nach. Das verliert sich später beinahe ganz. Ihre Werkstatt-Äußerungen in *Poetics 10* von 2011 „Über Assonanzen" – Mitgeben eines Klang-Zusammenhangs durch Auswerfen von Binnenreimen, Endreimen, Stabreimen und günstiger Assonanz über den Text – hören sich an, als hätte sie nie zuvor klassisch gereimt.

5 Elke Erb an Anett Findeisen, 29.10. 1984. Nachlass Randow.

6 Interview Fyrkova.

7 „Zum Thema Nachdichten", S. 108.

8 Ebd. S. 112.

9 Je sechs Gedichte für die Ausgabe der Zwetajewa-Vertonungen von Schostakowitsch, op. 143, im Musikverlag Peters, 1978, und für die erste DDR-Auswahl ihrer Lyrik in der *Weißen Reihe* bei Volk und Welt, 1980.

10 Ebd. S. 119.

11 Interview Fyrkova.

12 „Zum Thema Nachdichten" – aus einer Fußnote im Vorabdruck des Textes (in: *Via Regia,* Heft 25, Erfurt 1995), die in der Steidl-Fassung entfiel.

13 „Zum Thema Nachdichten", S. 114.

14 „Wir bekamen zu den russischen Originalen gut kommentierte Interlineare." Elke Erb im Gespräch mit Oleg Jurjew und Olga Martynova, Erlanger Übersetzerwerkstatt, 2011.

15 Bezeichnend: Der dem Jaworow-Kommentar in der Steidl-Fassung vorangestellte Textblock als „starting point" ist nicht Randows Interlinearübersetzung, sondern schon eine frühe Bearbeitungsstufe der Übersetzerin.

16 Siehe z. B. Poetics 12: „Mucha". https://www.poetenladen.de/elke-erb-text12.htm

17 Brief undatiert – ca. Mai 1967. Nachlass Randow.

18 Die Übersetzung konnte erst 1987 erscheinen – bis dahin hatte eine vage Option des Aufbau Verlags als sogenannter Leitverlag die Veröffentlichung blockiert, ohne jedoch dort realisiert zu werden. Reclam-Lektorin Monika Heinker erinnert sich, die zuständige Aufbau-Lektorin in ihrem Büro, Französische Straße, nach dem Hinhaltegrund befragt zu haben – worauf deren Zeigefinger in vielsagend-stummer Geste aus dem Fenster in Richtung Sowjetische Botschaft wies.

19 *Winkelzüge oder Nicht vermutete aufschlussreiche Verhältnisse,* Berlin, 1991, S. 208.

20 Noch früher, seit 1968, übersetzte Elke Erb zeitgenössische Dramatik (Maljugin, Rosow) nach klassischen Vorbildern – und auch diese selbst: Gogol, später Puschkin, Leonow, sämtlich in Form „unverkäuflicher" Theatermanuskripte für den Henschelverlag und auf Bühnen gespielt.

21 *Winkelzüge*, S. 207.

22 Vladimir Majakovskij, Osip Brik: „Unsere Arbeit am Wort", in: LEF, März 1923.

23 So wie auch im Französischen – was Georges-Arthur Goldschmidt zu psychoanalytischen Ausdeutungen Anlass gab (*Als Freud das Meer sah*, 1999).

24 Brief v. 17.05.1926. *Rainer Maria Rilke und Maria Zwetajewa. Ein Gespräch in Briefen.* Hg. v. Konstantin M. Asadowski, Frankfurt a. M. u. Leipzig, 1992, S. 66.

25 Brief v. 10.05.1926. Ebd., S. 53.

26 Ich blicke mich um in die Zukunft: Marina Zwetajewas Gedicht-Werkstatt, in: M. Z., *Das Haus am alten Pimen,* Leipzig 1989.

27 Erb an Lektorin Monika Heinker, 10.04.1987. Titelakte Zwetajewa, Haus am alten Pimen. (M-Akte 393 SW Lektoratsleitung Z 1982–1988), Reclam-Archiv.

28 Brief v. 26.09.69. Nachlass Randow.

29 Undatiert, ebd.

30 Randow hatte seinen schwarzen Apparat schon seit den späten Fünfzigern oder frühen Sechzigern, über den er offenbar von Beginn an abgehört wurde: Das letzte Treffen mit Freund Werner Kilz vor dessen Flucht in den Westen, das zu Randows Verhaftung führte, war telefonisch verabredet worden. So zwiespältig also die Errungenschaft, so unverzichtbar im Kommunikationsgeflecht. Ab wann Elke Erb einen Anschluss hatte, ist nicht bekannt, doch hängte sie bereits 1970 einen Zettel an Fritz Mieraus Tür: „Warum sind Sie leider nicht telefonisch zu erreichen, arbeiten Sie wenigstens daran? Lassen Sie sich doch vom Nachbar ein Kabel abzweigen, das ist jetzt gang und gäbe", (AdK, Archiv Fritz und Sieglinde Mierau). Die anarchistische Anregung lief bei ihm jedoch ins Leere, denn Mierau sah seine Unverfügbarkeit als Arbeitsgrundlage davon bedroht.

31 *Wis und Ramin. Roman einer verbotenen Liebe im alten Persien.* Aus dem Georg. übers. v. Nelly Amaschukeli u. Natella Chuzischwili. Hg, Red. u. Nachw. v. Elke Erb, Leipzig 1991, S. 388.

32 Brief v. 8.1.1969. Nachlass Randow.

33 *Vivat floreat crescat.* Veröffentlicht zum Jahreswechsel 2014/15 in: Signaturen. Forum für autonome Poesie. https://signaturen-magazin.de/Elke-erb-vivat,-crescat,-floreat-.html

34 „Steinbrucharbeit ist es, einem Gedicht die eigene Sprache zu öffnen.", in: „Zum Thema Nachdichten", S. 119.

Klaus Johannes Thies

Gedichte

CERAMICA CLEOPATRA

Nächstes Jahr spiele ich für Ceramica Cleopatra.
Schon weil mir der Name sehr gut gefällt.
In der nächsten Saison trete ich ihnen bei.
In der katholischen Kirche war ich schon.
Auch bei Albert Schweitzer in Lambarene.
Was Gutes getan für die kranken Afrikaner.
Wie gut das tut.
Und abends streichele ich leise ein Mädchen.
Will einfach irgendwie dankbar sein
für alles und für das gute Essen,
auch wenn mich mal ein Brief aus Deutschland erreicht.
Gestern habe ich allein auf einer Terrasse gesessen,
fühlte eine Lastkraftwageneinsamkeit,
die mich mit einem Dieselgeruch durchquerte,
an allen Organen fuhr sie vorbei,
immer auf der rechten Seite, vom Kilometerrausch befallen,
die Landschaft zweifelsohne ansehbar,
via Kroatien bis fast nach Sansibar. Ich nahm die Fähre.
Die Zeit ist dabei unwahrscheinlich langsam vergangen
(als würde man von ihr gestreichelt).
Eben noch habe ich den Erwachsenen zugehört.
Jetzt bin ich selber ein Erwachsener geworden,
bin zu Besuch gekommen und habe sehr freundlich
mit euch gesprochen, habe euch zugesehen,
wie ihr gelacht habt, und dieses Bild hat sich tief in mir
eingeprägt. Nächstes Jahr komme ich wieder.
Nächstes Jahr werde ich für Ceramica Cleopatra spielen.
Ich habe den Vertrag schon unterschrieben.

DAS ALTE PERSONAL

Immer wieder greife ich auf das alte Personal zurück, das so gut gearbeitet hat. Warum sollte man es auswechseln? Meine Mutter in einer weißen Bluse, die ich noch nie an ihr gesehen habe. Ich weiß nicht, ob man diesen Traum anhalten kann. Ich habe ein braunes Lineal. Dreißig Zentimeter befinden sich noch daran. Ich habe nachgemessen. Nach so vielen Jahren brennt die Sonne immer noch auf den rechten Arm. Es ist das Einzige, was ich von meiner Schulzeit behalten habe, das braune Lineal.
Was könnte ich noch sagen?
Habe ich nicht schon alles gesagt?
Am Klavier Yuja Wang.
Sie hat ein rotes Kleid an.

EIN LICHT AM FENSTER

Die letzten Minuten des Tages, was soll man da noch machen?
Das wird sich auch der Tag heut' fragen, was soll ich jetzt noch machen?
Lass ich mich einfach so verstreichen? Muss sowieso gleich wieder in die Nacht verreisen. Es kann nur nützlich sein, wenn ich jetzt noch ein bisschen sitzen bleibe. Von heute Morgen schon so weit entfernt und wirklich müde Beine. Das kleine Fallerhäuschen, in dem jetzt noch ein Lichtlein brennt, ich seh es noch, ich seh es immer, wenn der Tag zu Ende geht. Das kleine Licht am Fenster – schläft.

GEDICHT MIT PANNE

Vieles ist eigentlich viel zu klein
Augen zum Beispiel
wachsen nur wenig
Und doch kann man so viel sehen,
man kann aus ihnen rausgucken
ein großes Fenster ohne Gardinen
zur Sicherheit hat man zwei
ein Wunder, dass man nicht durch sie
atmen kann,
sie quietschen auch nicht
haben nie Muskelkater
auch wenn sie ein Fußballspiel betrachten
oder lange auf einen kleinen Vermeer sehen.
Im Badezimmer wartet der Schukostecker
und sieht ihnen dabei zu, wie sie älter werden.
Ich liebe dieses Gedicht, so wahr heut' Mittwoch ist.
Auch etwas von IKEA und MARTIN KIND findet sich darin,
die gelben Buchstaben, die tief in der Nacht den Himmel
und die Autobahn anstrahlen,
diese Stelle, die wir nie vergessen haben, nie vergessen werden,
wenn man da einmal gestanden hat, ganz am Rand,
hinter der Leitplanke und auf den ADAC wartet,
mit der Luftpumpe in der Hand.

GUT GESEHEN, GUT BEOBACHTET

Die Ampel zeigt schon wieder Grün
Ein altes Grün, ein wieder aufgewachtes Grün
Fast sieht es aus, wie eine Wiese, wo ich schon mal entlanggegangen bin
Und jetzt zeigt sie schon wieder Grün
Als könnte sie nie die Geduld verlieren
Und gleich geht alles wieder weiter
Ich schau noch einmal zu ihr hin
Als könnte man damit etwas verlängern
Was einfach so nicht bleiben will:
Grün.

KOPF MIT UNSINN UND MIT OBST VERSTOPFT

Ich bin natürlich auch in meinem Kopf zu Hause, sehr oft sogar,
in meiner Niere, meiner Leber, aber niemand kennt mich wieder.
In meinem Kopf ist so viel abgelagert und auch die Strecken, die ich
abgeklappert habe, bis meine Sohle durchgebrochen ist,
in meinem Kopf, in meinem eignen Kopf, in diesem Ding,
das mir gehört, das ich gepachtet habe, noch immer und schon so lange,
mein Kopf, da in ihm drin, ein altes Zimmer, eine Bude, in der noch immer, in
der gleichen Ecke, die Kommode steht, da wo wir sie einst hingestellt, wo wir
sie abgestellt ... ein halbes hundert Jahre sind seitdem vergangen. Gottlob, die
Wohnung ist noch immer trocken, kein Schimmel in den Ecken, ich sauge
regelmäßig Staub in meinem Kopf, ich hab den neuen Sauger von Miele
abgeholt. Das Zimmer aber will ich nicht noch einmal überstreichen;
das alles neu zu tapezieren. Lohnt es sich überhaupt?
Der Plattenspieler von Dual ist nicht seit gestern schon kaputt.
In diesem Kopf und meistens auf der linken Seite führ ich mein Leben,
die rechte Seite ist mit Unsinn und mit Obst verstopft.
Wie schön es wäre, wenn ich noch einen Blick nach draußen werfen,
ein schmales Fenster auf den Gardasee jetzt öffnen könnte,
ein kleines Loch reinbohren, um etwas durchzulüften,
drum pump ich frische Luft in' Kopf.

Im Wohnzimmer ist es gern schön.

Der Fernseher leuchtet,
ist fast so blau wie die Tagesschau
und lacht wie ein Turnvater.
Dahinter hat sich noch ein grüner Satz versteckt,
oder ist es eine Pflanze?
Im Rundfunk hört man das jetzt jemand sagen:
„Ich höre gern Kantaten, wenn ich Auto fahre."
Die Stimme fährt gerade hier durch unsere Straße.
Ich gucke aus dem Fenster.
Olga ist doch auch ein schöner Name.
Ein langer Tag, sogar für Bleistiftröcke,
auch für die Netzstrumpfhose,
die sich mit unserem Sofa unterhalten möchte.
Sie sitzt auch gern in einer Limousine.
Dahinter die Gardine.

SAMMELN SIE PUNKTE?

Manchmal sehe ich auf einem Schwarz-Weiß-Foto einfach besser aus. Was würden wir dann alles sehen können, wenn wir die Farben ausradieren könnten, alles so wie früher. Auch Romy Schneider wäre wieder zurück, und ich bin froh, dass sie wieder da ist. Man kann das Meer sehen. Man kann zu Edeka gehen. Und wenn ich an der Kasse stehe, in der langen Schlange vor der Kassiererin, die natürlich eine Menge Spaß im Umgang mit Menschen hat und mit ihrem Kleingeld und mit ihren Kreditkarten – „Sammeln Sie Punkte?" „Nein!" –, wünsche ich mir, dass es ein paar Tage dauern wird, bis ich bei Edeka wieder auftauche. Genau darauf kommt es doch an.

TUTU

An Šoškić gedacht und an Buffon auf Deutsch und im Griechischen
an Martin geschrieben, aus bloßem Vergnügen
bei schönem Wetter Hechtsprünge üben,
etwas tun, was an und für sich überflüssig ist;
gibt es das: Wie eine Möwe mich selber überfliegen?
Vor einer Woche Sirtaki-Musik, Rembetiko,
in Milia gebadet, bis zur roten Boje rausgeschwommen,
auf dem Rückweg einen Delfin mitgenommen und nichts zu verzollen.
In der Ferne hört man das Tuten, wenn die Fähre hereinschwebt
mit dunklen Wolken, wie ein Ufo.
Peymann sitzt unten am Hafen in seiner Taverne,
spricht laut und mächtig auf Deutsch und auf Griechisch.
An der Uferpromenade geht ein magersüchtiger Minirock,
begleitet von durchsichtigen Strümpfen.
Kookbooks ist zehn Jahre alt geworden, Uljana und Steffen Popp
und immer noch zu wenig Geld unterm Kissen.
Mit Schwimmbrille in die Ägäis geschaut.
Das Wasser findet immer wieder meine Lieblingsfarbe heraus.
Jahre später sieht man das Gebiet noch einmal wieder
aus dem gelben Urlaubsflieger.
Ich saß ganz hinten, vor mir die Callas,
eine Frau, die das ganze Jahr über warm ist.
Ich konnte kaum atmen deswegen.
„Tutu“, sagte sie. Das war so, als würde sie meine Jugendzeit anhupen,
und dann, vom Höhenrausch befallen, noch einmal „Tutu“.

Thorsten Krämer

Kleine Malkunde (Auszug)

Contre-jour I

Ich bin das Schattenauge, das sich selten rührt. Bleib
bitte jetzt so stehen. In anderen Verhältnissen
wäre ich ein Sonnenbrand, ich schnitte die Aloe Vera
tiefgekühlt. Nur du trennst mich noch von der
Blindheit, und ich erkenn dich nicht.

Es macht auch keinen Unterschied, ob du den
Kopf zu mir drehst oder nicht. Der Schatten ist
ein Sinnverschlinger, und ich bin mittendrin, schon
immer. Bleib bitte jetzt so stehen.

Contre-jour II

Ich kann leider nur Konturen, das muss ein Geburtsfehler sein. Ich kompensiere das mit makellosem Stellungsspiel. Auf Dauer allerdings macht sich die Flächigkeit bemerkbar, ich fülle Inhalte mit der Pipette.

Das hier ist auch so ein Inhalt, weiß der Himmel, wo der herkommt. Die Langsamkeit des Blicks dagegen ist dem Sonnenstand geschuldet.

Contre-jour III

Ich will auch gar nicht ins Detail gehen, das hat so
was Obszönes. Wird alles weggelasert, Staub und
Dreck und was so anfällt. Die Abstraktion
ist eine Vetternwirtschaft, ich unterschreibe
keine Wechsel mehr.

Ich bin das Gegenteil vom Fluchtpunkt, ich stehe
gerne hier rum. Die Welt ist alles, was meine
Augen bedeckt. Das Gegenlicht ist an
und für mich.

Sfumato I

Das ist nicht die Vergangenheit, das war erst
gestern. Es ist noch viel zu früh, die Dinge
abzuschließen, sie verwischen bloß am Rand.

We brake for nobody: So steht es am Heck der
Gegenwart. Sie schiebt sich endlos durchs
Bild, im Hintergrund die Leere des Alls.

Trägheit und Nervosität, diese Kombi sorgt für
Unbestimmtheit. Was bleibt, ist dieser
Überhang, ein Rest von Raserei

im Sirup dieser Tage.

Sfumato II

Schlieren gegen das Vergessen, unscharfe Momente
im Schneidersitz: Die Atmung setzt minutenweise
aus, Zwerchfell-Projektionen an der Zimmerwand.

So halbvolle Realisationen also, vom Blättchen
gelesen, andere Notationen für andere Zustände
werden gebraucht. Weil Musik geht immer.

Und zuletzt die Sprache. Verhackstückte
Erleuchtungen, Abbruchunternehmungen am
frühen Abend. Die Szenerie zerfällt

in disparate Szonen.

Sfumato III

Verrauchtes Rauschen, verzaubertes Publikum
vor der Waschmaschine. Das sind so mechanische
Ersatzhandlungen, der Blick durch Lumpen.

Oder Urlaube, Dauerbelichtungen unter südlicher
Sonne: unkenntlich längst die Gesichter, das
Wischiwaschi des Sentiments.

Das Konkrete ist der Feind des Wollens. Das
ist das Geheimnis, das in diesem Bild versteckt
sein soll. Aber das kann nicht sein, es

steht doch offen da.

Anmerkungen zu den Autor·innen und Übersetzer·innen

Shane Anderson, geboren 1982 in San José (USA), ist der Verfasser des Stücks *Dogs, Wolves, Coyotes* (2007), des Prosabands *Études des Gottnarrenmaschinen* (Broken Dimanche Press, 2012) und von *Soft Passer* (Mindmade Books, 2015). Seit 2008 ist er als Übersetzer von vor allem zeitgenössischer deutscher Lyrik (u. a. Ulf Stolterfoht) und als Kurator von Lesereihen tätig. Er lebt in Wuppertal.

arjunraj ist Filmemacher·in, multimodale·r Forscher·in und Künstler·in. arjunraj beschäftigt sich viel mit Storytelling und den Politiken des *othering*. Zurzeit arbeitet arjunraj an dem Spielfilm *Liminality*, der sich mit der Bedeutung von transgenerationalem Trauma auseinandersetzt. arjunraj erhielt Rechercheförderung der Robert Bosch Stiftung und ist Stipendiat·in des Berliner Senats und der Denkfabrik CIRCE.

Ju Bavyka wuchs in Kasachstan auf, studierte Architektur sowie Theorie und Praxis der Visuellen Kommunikation in Kassel und lebt derzeit zwischen Sydney und Berlin. Ju Bavyka arbeitet als freischaffende·r visuelle·r Künstler·in und Schriftsteller·in und veröffentlichte seit 2020 kunstkritische und literarische Essays sowie zwei Gedichtbände.

Florian Bissig schreibt als freier Journalist für verschiedene Schweizer Zeitungen und Zeitschriften. 2018 erschien seine Anthologie Schweizer Lyrik *Mauerlängs durch die Nacht* im Limbus Verlag, 2022 seine Übersetzung von S. T. Coleridges Lyrik (*In Xanadu*) sowie 2023 seine Biografie des Dichters (*Samuel Taylor Coleridge. Eine Biografie*, beide bei Dörlemann) und bei der Friedenauer Presse sein Auswahlband zu Phillis Wheatley (*Nie mehr, Amerika! Gedichte und Briefe*).

Elke Erb, geboren 1938 in Scherbach (Eifel), übersiedelte 1949 nach Halle an der Saale. Seit 1966 war sie freiberuflich als Autorin, Herausgeberin und Übersetzerin tätig. In den 80er-Jahren zählte sie zur Lyrikszene im Berliner Bezirk Prenzlauer Berg. Sie veröffentlichte Prosa, Lyrik, prozessuale Texte, Übersetzungen und Nachdichtungen (Blok, Jessenin, Zwetajewa, Achmatowa). Im Jahr 2020 erhielt sie den Georg-Büchner-Preis. Sie starb am 22. Januar 2024 in Berlin. Wir danken der Akademie der Künste, Berlin, für den Abdruck der Texte.

Mikita Franko wurde 1997 in Pawlodar, Kasachstan, geboren und versteht sich als „Akyn“, als einen kasachischen Volksdichter, der politische Themen verhandelt. Sein Roman *Die Lüge* erschien 2022 in Maria Rajers deutscher Übersetzung im Verlag Hoffmann und Campe.

Benno Gammerl arbeitet als Professor für Geschlechter- und Sexualitätengeschichte am Europäischen Hochschulinstitut in Florenz. Er lehrt und forscht zur Intersektionalität, zur Homosexualitätengeschichte in Deutschland, zur Gefühlsgeschichte und zur Geschichte von Imperien. 2023 veröffentlichte er *Queer. Eine deutsche Geschichte vom Kaiserreich bis heute* beim Hanser Verlag. Aktuell gibt er das *Handbuch queere Zeitgeschichten* (transcript) mit heraus.

Gunther Geltinger wurde 1974 in Erlenbach am Main geboren und lebt heute in Köln. Er studierte Drehbuch und Dramaturgie an der Universität für Musik sowie Darstellende Kunst in Wien und an der Kunsthochschule für Medien in Köln. Sein Debütroman *Mensch Engel* erschien 2008 bei Schöffling, seine nächsten beiden Romane *Moor* (2013) und *Benzin* (2019) veröffentlichte er im Suhrkamp Verlag. Er erhielt zahlreiche Stipendien, z.B. wurde er 2013 mit dem Förderpreis des Landes NRW für Literatur ausgezeichnet.

Simoné Goldschmidt-Lechner ist Autorin und Übersetzerin. Seit 2022 ist sie Teil diverser Theater-, Performance- sowie Filmprojekte. Ihr erster Roman *Messer, Zungen* erschien 2022 bei Matthes & Seitz Berlin. Die zweisprachige Novelle *Days You'll Find Me (in a place I like to go)*, in der es um den Umgang mit sexualisierter und institutioneller Gewalt aus nicht-weißer Perspektive geht, ist 2024 bei Matthes & Seitz erschienen.

Uta Gosmann ist Lyrikerin, Übersetzerin vor allem zeitgenössischer amerikanischer Lyrik und Psychoanalytikerin. Neben Gedichten von Susan Howe oder Ellen Hinsey übersetzte sie Bücher der Nobelpreisträgerin Louise Glück (zuletzt *Treue und edle Nacht*, Luchterhand 2023). Seit 2017 erscheinen eigene Gedichte in Zeitschriften wie *manuskripte* und *Sinn und Form*. 2023 erschien ihr erster Gedichtband *Reise durchs Nimmerich* (edition Thanhäuser).

Patricia Hempels erster Roman *Metrofolklore* (Tropen) erschien 2017. Sie ist seit 2020 Redaktionsmitglied des queeren Literaturmagazins GLITTER und setzt sich in der Queer Media Society (QMS) für queere Sichtbarkeit und Diversität in Literaturbetrieb und Buchhandel ein. Ihr aktueller Roman *Verlassene Nester* (Tropen) erhielt ein Stipendium der Berliner Senatsverwaltung für Kultur und war für den Alfred-Döblin-Preis 2023 nominiert.

Anna Hetzer studierte Medizin, Philosophie und Literatur in Berlin und Paris, promovierte in experimenteller Neurologie und arbeitete anschließend als Ärzt·in in einer psychiatrischen Klinik. Seit 2020 ist sie als freie Autor·in tätig.

Sie veröffentlichte Songtexte, Lyrik, Übersetzungen und Essays, zuletzt erschien 2019 *Kippbilder* im Verlagshaus Berlin. 2017 war sie Stipendiatin der Villa Decius in Krakau, 2021 wurde sie mit einem Wolfgang-Weyrauch Förderpreis ausgezeichnet. Sie ist Mitglied des Lyrikkollektivs G13.

Heinrich Horwitz ist Regisseur·in, Choreograf·in und Schauspieler·in. Heinrich studierte Schauspielregie und Choreografie in Berlin und war zum Heidelberger Stückemarkt sowie zum Autorenfestival *Maximierung Mensch* eingeladen und wurde mit dem Tanz- und Theaterpreis der Stadt Stuttgart und des Landes Baden-Württemberg ausgezeichnet. 2023 erhielt Heinrich den Tabori Preis. Seit 2017 arbeitet they mit dem Decoder Ensemble als Choreograf·in. Zudem ist Heinrich als Dozent·in an der AdK in Ludwigsburg tätig.

Jayne-Ann Igel arbeitete bis 1988 in der Deutschen Bücherei Leipzig, im Buchhandel sowie im Gesundheitswesen und studierte Theologie. Seit 1988 ist sie freischaffend tätig. Sie wirkte als Redakteurin an der Literatur- und Kunstzeitschrift *Ostragehege* mit, seit 2011 ist sie Mitherausgeberin der Reihe *Neue Lyrik* des Verlags Poetenladen. Sie veröffentlichte mehrere Gedichtbände, zuletzt erschien *Wir ländern uns fort* (Gutleut, Frankfurt/Main 2022).

Yael Inokai, geboren 1989 in Basel, war Redaktionsmitglied der Zeitschrift *PS: Politisch Schreiben.* Ihr Debütroman *Storchenbiss* erschien 2012. Für ihren zweiten Roman *Mahlstrom* (beide Rotpunktverlag) wurde sie mit dem Schweizer Literaturpreis 2018 ausgezeichnet. Ihr dritter Roman *Ein simpler Eingriff* (Hanser Verlag, 2022) wurde mit dem Anna Seghers-Preis sowie dem Clemens-Brentano-Preis ausgezeichnet und stand auf der Longlist für den Deutschen Buchpreis; er ist in fünf Sprachen übersetzt.

Lisa Jay Jeschke, geboren 1985, macht neben Lyrik Performances und ist Mitherausgeberin der Chapbook-Reihe *Materials/Materialien* (London/München). Ihr Lyrikband *Die Anthologie der Gedichte betrunkener Frauen* erschien 2019 im hochroth Verlag und wurde mit dem Bayerischen Kunstförderpreis ausgezeichnet. Ihre Übersetzung von Shola von Reinholds Roman *Lote* erschien 2024 im Merve Verlag.

Odile Kennel wurde in Bühl/Baden geboren und studierte Kultur- und Politikwissenschaften in Tübingen, Berlin und Lissabon sowie Kulturmanagement in Dijon und Bukarest. Seit 1999 lebt sie in Berlin und arbeitet heute als Autorin, Moderatorin und als Übersetzerin von hauptsächlich Lyrik und Kinderbüchern aus dem Französischen, Portugiesischen, Englischen und Spanischen. Zuletzt erschien *irgendetwas dazwischen* (Verlagshaus Berlin, 2023).

Thorsten Krämer wurde 1971 geboren und arbeitet als freier Autor. Seine Texte sind in Anthologien und Zeitschriften erschienen, außerdem hat er für Radio und Fernsehen geschrieben. Für seine literarischen Werke wurde er u. a. mit dem Rolf-Dieter-Brinkmann-Stipendium der Stadt Köln und zweimal mit dem Post-Poetry Preis NRW ausgezeichnet. Zuletzt erschien der Gedichtband *Momente* (Elif Verlag, 2023).

Anna-Nina Kroll, 1988 in Essen geboren, übersetzt Romane, Sach- und Kinderbücher aus dem Englischen, u. a. von Carmen Maria Machado, Donal Ryan und Anna Burns. Im Jahr 2020 war sie Translator in Residence am renommierten Trinity College Dublin. Für ihre Übersetzung von Anna Burns' *Milchmann* (Klett-Cotta, 2021) erhielt sie im Jahr 2021 den Förderpreis zum Straelener Übersetzerpreis der Kunststiftung NRW.

Anna Kuntze studierte Sprach-, Literatur- und Kulturwissenschaften sowie Literaturübersetzen in Dresden, Düsseldorf, Cambridge, Dublin und Uppsala. Sie lebt in Rostock und übersetzt Bücher und Untertitel aus dem Englischen und Schwedischen. 2021 nahm sie an der Übersetzerwerkstatt des Berliner Senats im LCB teil, 2023 erhielt sie das Mentorship Grant for Irish Literature von Literature Ireland.

Stephan Lohse ist Schauspieler, Theaterregisseur und Schriftsteller. Sein Debütroman *Ein fauler Gott* stand im Juni 2017 auf der SWR-Bestenliste, erhielt den Publikumspreis beim Franz-Tumler-Literaturpreis, wurde für den Klaus-Michael Kühne-Preis und den aspekte-Literaturpreis nominiert. *Johanns Bruder* (2020) war im Oktober 2020 das Buch des Monats im NDR, *Das Summen unter der Haut* (alle bei Suhrkamp) im Juli 2023.

Daria Kinga Majewski wuchs als Kind einer polnischen Familie in Deutschland auf. Die Frage nach Identität, Grenzen und Freiheit bewegten sie schon von Kindestagen an. Heute arbeitet sie als Beraterin und Moderatorin und baut gemeinsam mit anderen Aktivist·innen ein Netzwerk für Geschlechtliche Vielfalt in Sachsen-Anhalt, Sachsen und Thüringen auf.

Olga Martynova ist Mitglied des PEN und der Deutschen Akademie für Sprache und Dichtung sowie der Akademie der Wissenschaften und der Literatur (Mainz). Sie erhielt u. a. den Ingeborg-Bachmann-Preis (2012) und den Berliner Literaturpreis (2015). Zuletzt erschienen bei S. Fischer: Der Essayband *Über die Dummheit der Stunde* (2018), *Gespräch über die Trauer* (2023) und der Gedichtband *Such nach dem Namen des Windes* (2024).

Aurélie Maurin lebt seit 2000 in Berlin als Kuratorin, Literaturübersetzerin und Herausgeberin in Berlin. 2001 hat sie die Lyrikreihe *VERSschmuggel* im Wunderhorn Verlag mitbegründet und bis 2017 herausgegeben. Sie leitet das TOLEDO-Programm des Deutschen Übersetzerfonds, für das sie die Reihen *Journale, Toledo Talks* sowie das Lyrikübersetzertreffen *JUNIVERS* initiierte. 2021 hat sie zusammen mit Anja Utler die künstlerische Leitung des Lyrikertreffens in Münster übernommen. Zuletzt erschien *Junivers: Vom Übersetzen eines Verses* (Urs Engeler, 2022).

Ton Naaijkens, geboren 1953, ist ein niederländischer Übersetzer und Professor für Deutsche Literatur und Übersetzungsstudien an der Universität Utrecht. Naaijkens übersetzte u.a. Lyrik von Paul Celan, Elke Erb, Barbara Köhler, Durs Grünbein, Ulf Stolterfoht, Marcel Beyer und Daniel Falb. Naaijkens war Redakteur der literarischen Zeitschriften *Armada* (1995–2016) und *Terras* (2013–2018) und leitet seit 1994 die Übersetzungszeitschrift *Filter*.

Theresia Prammer, geboren 1973 in Niederösterreich, lebt als Autorin, Herausgeberin und Übersetzerin in Berlin. Sie studierte Romanistik in Wien, Bologna und Neapel. Neben ihrer Arbeit als Übersetzerin publizierte sie Essays und Kritiken zur Gegenwartspoesie und zur literarischen Übersetzung. Sie ist Herausgeberin diverser monographischer Bände und Anthologien. 2020 gründete sie das „Dante-Zentrum für Poesie und Poetik".

Maria Rajer wurde 1987 in Ust-Kamenogorsk (Kasachstan) geboren und immigrierte 1996 nach Deutschland. Sie studierte Slawistik und Germanistik an der Staatlichen Universität Sankt Petersburg und der Humboldt Universität zu Berlin. Seit 2013 arbeitet sie als freie Übersetzerin aus dem Russischen. Zu den von ihr übersetzen Autorinnen und Autoren gehören u.a. Dmitri Gluchowski, Wassili Grossman und Andrej Platonov.

Antje Rávik Strubel lebt als Schriftstellerin und Übersetzerin in Potsdam. Zu ihren Veröffentlichungen zählen die Romane *Tupolew 134* (C. H. Beck, 2004), *Kältere Schichten der Luft* (2007) und *Sturz der Tage in die Nacht* (2011, alle bei S. Fischer). Für ihren jüngsten Roman *Blaue Frau* erhielt sie 2021 den Deutschen Buchpreis. Antje Rávik Strubel übersetzt aus dem Englischen und dem Schwedischen, u.a. Virginia Woolf und Joan Didion.

Jayrôme C. Robinet schreibt Prosa und Lyrik, übersetzt Bücher, promoviert über Performance Poetry und performt selbst Gedichte auf der Bühne. Bereits mit seinem Buch *Mein Weg von einer weißen Frau zu einem jungen Mann mit Migrationshintergrund* (Hanser Berlin, 2019) erregte er Aufmerksamkeit weit über die queere Literaturszene hinaus. 2024 erschien der Roman *Sonne in*

Scherben (Hanser Berlin), welchen er auf Deutsch verfasste und aus dem er 2023 einen Auszug beim Ingeborg-Bachmann-Preis in Klagenfurt vorgetragen hat.

ariel rosé ist Dichter·in, Essayist·in und Illustrator·in. rosé stammt ursprünglich aus Polen und lebt heute in Norwegen und Berlin. They ist Autor·in und Illustrator·in der Bücher *Morze nocą jest mięśniem serca* (PIW 2022, dt.: Das Meer bei Nacht ist ein Herzmuskel) und *Północ. Przypowieści* (Znak, 2019, dt: Norden: Parabeln). Für Buchillustrationen erhielt ariel rosé in Polen mehrere Auszeichnungen, u. a. eine Nominierung für den Preis für das schönste Buch 2015 sowie den Warschauer Literaturpreis 2018.

Klaus Johannes Thies wurde 1950 geboren und lebt in Berlin. Lange war er für Radio Bremen tätig, schreibt Prosaminiaturen und Hörspiele. Er veröffentlichte Einzelbände u. a. bei Achilla Presse und Reclam. 2015 erschien *Unsichtbare Übungen. 123 Phantasien*, 2018 der Band *Aus meinem Fenster. Parkplatz-Rhapsodien* und 2020 *Tango ohne Argentinien. 111 Shorts* (alle in der Edition Azur).

Andreas Tretner, 1959 in Gera geboren, übersetzt aus dem Russischen, Bulgarischen und Tschechischen u. a. die Bücher von Michail Schischkin, Vladimir Sorokin und Viktor Pelewin. Für seine Übersetzungen erhielt er den Paul-Celan-Preis und den Internationalen Literaturpreis des Hauses der Kulturen der Welt. 2022 war er mit seiner Übersetzung von Hamid Ismailovs *Wunderkind Erjan* (Friedenauer Presse) für den Preis der Leipziger Buchmesse nominiert.

Beate Tröger ist Literaturkritikerin, Autorin und Jurorin. Sie rezensiert und schreibt für Print (*FAZ, der Freitag, Frankfurter Hefte, mare, Rheinpfalz*), für *ZEIT online,* das *Signaturen-Magazin* und für den Hörfunk (DLF, SWR, WDR). Seit 2019 ist sie Redakteurin des Kulturteils der *Frankfurter Hefte.* Beratend und moderierend ist sie Teil des Poet·innenfests Erlangen, außerdem gehört sie diversen Jurys an.

Nataša Velikonja ist Soziologin, Lyrikerin, Essayistin und Übersetzerin. Seit 1993 engagiert sie sich im LGBT-Aktivismus; sie war Herausgeberin des *Lesbo* Magazins und ist Koordinatorin der *Lesbian Library* in Ljubljana. Sie hat zahlreiche Gedicht- und Essaybände publiziert; 2016 erhielt sie den *Župančičeva Award* der Stadt Ljubljana für künstlerische Leistungen; 2022 den *Jenkova Award* für die beste Gedichtsammlung.

Sprache im technischen Zeitalter
Inhalt 62. Jahrgang 2024